최후의 항전

최후의 항전

장정빈 다큐

삼성서관

　주지한 바와 같이 1950년 6월 28일 0시부터 1시 사이에 탱크를 앞세운 북한군에 의해서 서울 방어의 마지막 보루였던 미아리 고개의 방어진이 무너졌던 것이다. 사후 처방 격으로 유비무한을 개탄한들 뭣하리오, 만사 사필귀정이거늘.

　그로부터 어언 60여 년이 지난 어느 날.

　"그땐 다 도망갔었죠!"

　미아리 고개를 지나가던 길손이 내뱉은 말이다. 일견 당시엔 잉태되지도 않았을 연령대이다. 그리고는,

　"도망 못 간 이들도 있었나요?"

　야릇한 미소가 야속하다.

　미아리 고개 공방전의 좌익진이었던 아리랑 고개에서 28일 새벽 4시부터 5시 사이에 탱크와 맞서 싸운 57미리 대전차포 2문이 있었던 사실은 이제껏 세인은 물론 전사에도 잘 알려진 바가 없었다.

　통신두절, 퇴로차단(한강대교 폭파), 주 방어진(미아리 고개) 붕괴, 그리고 보병의 엄호도 없는 무원고립 상태에서 보다

더 강력한 85미리 포를 장착한 탱크와 맞선 57미리 대전차포가 사투를 벌였었다. 대치 거리 200~250미터를 사이에 둔 직사포 대 직사포이다. 고로 일발필중이었다.

쾅!

쾅—!

칠흑의 어둠 속에서,

번쩍—!

발포와 폭발 섬광으로 말미암아 대포와 탱크 그리고 병사들이 극광 받은 실루엣처럼 파랗게 부각되면서 피아의 위치가 노출되고 있었다.

고갯길에서 단발씩 이동사격을 하던 제2포는 그때마다 간발의 차이로 아슬아슬하게 위기를 모면하면서 교전을 속행할 수 있었으나 산중턱에 포가를 묻고 고정 배치되었던 제1포는 탱크포의 직격탄에 의해서 초전에 피격되었다.

"분대장님 머리가 빠개졌슈—!"

피투성이로 달려온 제1포의 탄약수로부터 김 중사의 장렬한 최후를 듣는다. 전세는 급전직하(急轉直下). 마지막 포탄을 장전할 즈음,

"빨리 가라우—!"

오 중위가 포탄수령(砲彈受領)을 명령하는 순간,

"돌격—!"

제2포가 있는 길 아래쪽 40미터의 가시거리(可視距離)(날

이 완전히 밝지 않았음)까지 육박해 있었던 북한군이 땅 표면이 한 겹 벗겨지듯이,

벌떡—!

새까맣게 일어서는 광경을 뒤로하고 이미 적 후방이 되어버린 미아리 고개를 향해서 치닫는다.

'포탄수령(砲彈受領)'

장 중사의 하얗게 텅 빈 두개골 속에 새겨진 유일한 글귀였다.

어느덧 상전벽해(桑田碧海)의 감회를 자아내게 하는 세월이 있었다. 그러나 전쟁은 끝나지 않았다. 엄연한 휴전상태이다. 하물며 6·25를 잊어서는 안 된다. 재발되어서는 더욱 아니 된다.

하늘이시여, 원컨대 다시는 이 땅에 이 같은 비극을 있지 말게 할 것이며 아울러 그날에 전우들의 만수무강과 본 작전에서 산화한 영령들의 명복을 삼가 빌면서 미흡한 필력으로 감히 65년 전의 싸움터로 거슬러 올라가려고 한다.

2015년 2월 12일

장정빈

■ 차례

적후방 16일간의 사투

최후의 항전

1

| 고전장(古戰場) |

　돈암동 사거리에서 아리랑 고개를 찾아서 완만한 비탈
길을 거슬러 올라가노라면 미아리 고개의 좌측방 약 8백
미터에 표고 : 342미터라 일컫는 아리랑 고개의 영상(嶺上)
에 곧장 이른다. 그만 쉽사리 영상이라고 말해버렸지만 그
건 단지 지적부상(地籍簿上)에나 있는 기록에 불과하며 도
로가 확장된 지금은 凹자 모양새로 절개되어 있었던 그 옛
날의 고개 마루턱은 찾아볼 수가 없거니와 벌거숭이 민둥
산이었던 일대가 고층 건물까지 들어선 밀집된 시가지로
변모한 놀라운 광경을 바라보면서 잠시 격세지감(隔世之
感)의 충격에 잠긴다.

　당시(1950년 6월)에는 이곳 고개 마루턱부터가 곧바로

내리막이었고 비포장인데다가 이름의 유래(由來)처럼 꼬불꼬불 굴절된 간선도로를 북쪽으로 내려가면 정상에서 직선거리로 3백 미터 지점에 정릉산으로 건너가는 다리가 나타났었다. 도중에 고개 위에서 40미터를 내려선 오른편의 길섶에 허름한 판잣집 주막이 달랑 한 채가 있었을 뿐으로 일맥지 못한 미루나무 가로수 말고는 변변한 땔감도 없는 구릉지대여서 그야말로 일목요연(一目瞭然) 했었다. 헌데, 이 삭막한 야산 비탈에 목하 '서울 사수'를 위한 최후의 보루가 구축되고 있었던 것이었다.

돈암동 사거리에서 시작해서 신흥사(현 흥천사) 입구, 아리랑 고개, 정릉천(복개되어 있음), 미아리 고개, 전차 정거장 그리고 다시 돈암동 사거리를 빙― 일주한 거리가 약 3천5백 미터이고 여기에 추정 병력 3천과 105미리 유단포(곡사) 6문과 57미리 대전차포(對戰車砲―직사) 8문이 투입되고 있었던 것이다.

(야포 및 박격포 수 미상)

2

| 지상명령(至上命令) (27일) |

후방에서 급거 출동해 온 지원군과 전방에서 철수해 온 병력을 규합하고, 주 방어진이 된 미아리 고개를 중심으로 집중 투입되었다. 산병호와 연락호 등을 파헤침으로써게 망태를 풀어놓은 듯 온통 북새통을 이루고 있는 산비탈을 대각선으로 내리질러서 허둥지둥 달려오던 오 중위가

"주목―! 주목하라!"

고함으로 병사들의 시선을 집중시킨 다음,

"잘 듣고 명심하라! 우린 여기서 더 이상 물러설 수 없다! 따라서 지금으로부터 똥, 오줌을 막론하고 각자 정해진 현 위치에서 이탈 시는 이유여하를 막론하고 총살이다!"

거두절미하고 새롭게 수령해 온 지상명령을 하달했었다.

일순 병사들의 얼굴에서 핏기가 사라진다. 이에는 아랑곳 없이 한층 소리를 높이면서

"제관들! 우린 나라에 간성(干城)이야! 고로 사나이답게 용감하게 싸웁시다래!"

핏발이 선 눈이 번뜩인다.

쿵─ 쿵─ 쿵─!

지축을 흔들면서 다가오고 있는 포성을 들으면서 병사들은 비장한 각오를 다진다. 중대장과 함께 배석하고 있었던 박 중위가 병사들의 배치를 즉각 거들고 나섰다. 대포에 예속된 인원을 열외로 한 병사들을 대포의 주위에 산개시키고는 각자 정해진 위치에 막대기로 땅바닥에 직경 2.5~3미터의 원을 그으면서

"다시 말해두거니와, 우리의 임무는 서울 사수다. 따라서 이 선을 벗어날 경우 불문곡절하고 즉결처분이다! 알 강?"

거듭 강조하고는

"각자 고향요배(故鄉遙拜) 해두라우…!"

심각한 얼굴로 덧붙였다.

3

| 아리랑 고개에 배치된 역전의 용사들 |

　　총 2문 중 제1포는 고개 위에서 오른편으로 치우친 사선을 그리면서 60미터를 하강한 산중턱에 포가(砲架)를 묻고 고정 배치되고 제2포는 판잣집 주막에서 20미터를 더 내려선 도로 위에 배치되었다. 제1포는 김 1등 중사(이하 ─구·계급)가 제2포는 장 1등 중사가 맡았다. 장교는 중대장 김 대위, 부관 장 대위, 그리고 소대장 B와 O 중위다. 장교를 포함한 총 56명으로 축소된 잔류 병력으로 미아리 고개에 당도하여 2문의 대전차포를 공급(타부대로부터 분양) 받아서 재편성되었던 것이다.

　　초동시의 본대(대전차포 중대)는 6륜 쓰리쿼터가 견인하는 대전차포를 분대 당 1포씩 보유하던 3개 소대와 1개 지뢰 소대로 편성되어 있어서 시가지를 행군할 때는 연도의 시민들로부터 갈채를 받았을 만큼 위풍당당했었으나, 극도로 혼미해진 전방에서 불가항력적인 상황에 봉착한 나머지 막대한 병력 피해와 소중한 대포를 송두리째 상실하기에 이르렀던 것이다. 이로 말미암아 짧은 창군 이력에 비추어 보건데 실전 경험이 풍부한 병사들로 구성되어 있다고 자부해왔던 본대의 긍지에 씻을 수 없는 오점을 남기게 되었던 것이다.

각설하고, 작년(49년 5월 11일)에 38선으로 인해서 육로가 막혔던 옹진반도를 물실호기(勿失好機)로 북한군 38경비대 제3여단 소속의 천삼백 명이 국군이 수비하던 진지를 급습한 나머지 국사봉을 격파한 후에 서해안에 인접한 비파리와 서경리에 이르는 남방 8킬로미터 지점까지 침투하여 주민을 납치·학살하고 가재를 약탈한 끝에 5백 호에 달하는 농가에 방화한 사건이 발생했었던 것이다. 이른바 옹진사건이다.

54킬로미터에 달하는 해지역을 단지 1개 중대 병력으로 수비하던 국군은 중과부적(衆寡不敵)을 만회하기 위해서 보병 18연대를 위시한 지원군을 급파하기에 이르렀고 이때 함께 상륙한 대전차포 중대가 바로 지금의 본대다. 그러나 포병단이 창단된 지가 일천(日淺)한 시점이어서 아직껏 단 한 발에 실탄 사격 연습도 없는 실정이었다. 이 같은 상태로 본대가 일선 배치된 것은 상륙한 다음날이었다.

공격 목표는 국사봉의 우측에 나란히 이어진 '까치산'과 '돌산'이 된다. 표고 594미터.

두 산기슭부터 펼쳐진 들판에 보병대대가 전진 배치되고 그 후방에 기관총, 박격포 그리고 대전차포의 순으로 각각 일렬횡대로 포진되었다. 총공격에 앞서, 대전차포 1문으로 하여금 까치산의 좌측 방향 산기슭에서 홀연히 나타나서 전속력으로 질주해가기를 거듭하고 있는 트럭부터 제압키로 했다. 이리하여 한국군 최초로 대전차포가 발사케 되었던 것이다. 400미터 전방에서 흙먼지를 뽀얗게 날리면서 트럭이 치닫는 순간

쾅!

발포음과 동시에 공기를 찢는 듯한 마찰음을 내면서 날아가고 있는 포탄이 가물거리는 육안으로 포착되고 있는 가운데

"…?……!!"

흩날리고 있는 초연(硝煙) 속을 응시하던 분대장이 깜짝 놀랐다. 그럴 수밖에 없었던 까닭은 포가의 주위에 있던 탄약수들이 모조리 하늘을 향해서 큰 대자로 벌렁 기절해버렸기 때문이다.

"워메…!"

기가 막힐 지경인데, 요 화상들의 표정이 의외로 평화로웠다.

"환장허겠네잉—!"

투덜거리면서도 재빨리 머리를 굴리고 있었다. 무엇보다 급선무는 이 남사스러운 장면을 지워버리는 것이다. 분대장의 얼굴이 갑자기 험악해지더니

"이 새끼들아—!"

냅다 군화발로 엉덩방치를 걷어차기 시작했다.

소리의 중심은 무성이다. 그 때문에 정작 폐쇄기 바로 앞에서 격발하고 있는 포수의 경우는 소리를 느끼지 않는다. 그러나 훈련 제식대로 포바퀴에서 3미터 밖으로 떨어져있던 분대장과 발포 충격을 억제(포신이 둘로 보이는 짧은 쪽이 발포충격을 흡수하는 '요가'지만 미흡하다) 시키기 위해서 '엎드려뻗쳐' 자세로 양 편의 포가를 누르던 탄약수들의 위치에서는 자칫 고막이 파열될 정도로 소리가 높다. 따라서 입을 반쯤 벌리고서 대비했었으나

쾅!

난생 처음으로 가깝게 듣는 엄청난 굉음이라서 육장 놀래 자빠질 수밖에는 없었다. 트럭의 제압에 이어서 총공격이 개시되었다. 대대가 보유하고 있는 총화력과 12문의 대전차포가 순차적으로 일제히 불을 뿜자 상상을 초월한 장관이 펼쳐져서 병사의 가슴을 약동케 했다. 맹렬한 집중 포격과 보병의 과감한 공격에 위압된 북한군이 예상보다 빨리 퇴각함으로써 급기야 까치산이 탈환되었다.

18연대가 국사봉 탈환에 실패(이를 계기로 연대 전원 삭발 대죄한 연후 전군 최강의 백골부대로 거듭남)한 것 말고는 선전하여 전세가 소강상태에 접어들고 북한 지역 최남단 역인 추야로 기차가 진입해오는 광경을 돌산에서 바라볼 수 있게 된 시점에서 본대는 작전 종결되었다. 중대원 전원 일 계급 특진이 품신케 된 가운데 본토에 귀환되었던 것이다.

끝으로 후일 회우한 교전 당시의 북한군 병사의 증언을 첨기하면서 옹진전투 편을 마감키로 한다.

"로켓토포(대전차포) 말임매? 달 맞고! 덩말로 무서웠수다!"

본대의 인적사항을 지방군제(논산훈련소 이전)였던 당시로서는 보기 드물게 3개 도가 고르게 혼성되어 있었는데 그 중 충청도 출신을 제외한 고참병들은 제각기 또 다른 전투 경험을 가지고 있었던 것이다.

전남 광주에서 창설된 보병 20연대(4연대의 후신) 출신의 병사들은 재작년(48년 10월 19일)에 발생했었던 여순 반란사건의 진압과 공비토벌작전을, 영남 출신의 병사들은 같은 해 4월 3일에 발생했었던 제주도 폭동사건의 진압군이었던 바, 이들이 포병단 창단 시 동시 편입됨으로써 본 작전에 임하게 되었던 것이다.

4

| 대국민 선무공작반 (27일) |

애국부인회에서 병사들의 급식을 돕기 위해서 가마솥 백여 개를 걸어놓고 북새통을 이루고 있는 돈암동 사거리를 비롯한 후방도로에는 기관단총 등으로 무장한 독전대(督戰隊)가 요소마다 물 샐 틈 없는 경계망을 펼치고 있었다.

"친애하는 애국시민 여러분!"

애타는 마이크 소리가 민가가 급격이 줄어드는 신흥사 입구를 지나서 민가가 아주 뚝 끊겨버린 아리랑 고개의 마루턱까지 다가와서 방송하는 바람에 고개 너머에 일선 배치되어 있는 장병들에게도 쩌렁쩌렁 귀가 따갑게 들려오고 있었다.

"…격퇴하여 추격 소탕 중이오니 친애하는 애국시민 여러분들께서는 추호도 동요되심이 없이 각자 맡으신 생업에 복귀하여 전념하시기 바랍니다! 친애하는 애국시민 여러분…!"

당장 코앞까지 북한군이 육박해오고 있는 판국에 너무나 황당한 방송내용이었다.

"X할!"

분노와

"XXX들!"

저주에 찬 시선이 마주치고

"각하! 명령만 내려주시면 우리 군은 평양에서 점심 묵고 신의주에서 저녁을 묵을낍니더! 라고 한 문둥이 자식은 지금 어딨노!"

삼천포로 날았다.

"쉿! 소리가 너무 크데이!"

주의를 주지만

"걱정도 팔자다! 없는 데서는 임금님 욕도 한다 않겠나!"

하면서

"'각하!' 이 한마디로 눈물이 펑펑 쏟아지니끼니 눈물의 여왕─전옥(당대의 비극 배우) 뺨치는 광대인기라! 그러고 지금쯤 그 양반 서울에 없을 끼다!"

평소에는 동료 병사들로부터 소외당하던 이 중사다. 양팔로 도망 주자의 모양새까지 그리자

"그만 치아뿌라! 육군 쫄자가 어따 대고 함부로 나부렁대노!"

"삐드렁니 윤 중사가 버럭 화를 내고 나섰다.

"광대고 뭣꼬 간에 니 시방 크게 실수하고 있는 기라! 하마! 생각 좀 하그래이! 소위 일국에 국방장관께서 설만들 그리 처신하겠냐 말이다! 엥—!"

왕방울 만한 침방울을 미간에 정통으로 날리면서

"누구들 안 그렇나?"

주위를 환기시키자.

"하마! 하마!"

"긍께—!"

"그 말이 백번 맞네유—!"

부화뇌동으로 이 중사를 다시 소외시켜 버렸다. 이 중사가 체념하듯이 입을 다물고 침묵이 흐르는 사이에

드륵……드륵……드륵……

재봉틀을 젓는 양 총성이 들려오고 있었다.

(대통령과 낙루장관(落淚長官)이 별명이었던 국방장관 일행은 이날 새벽 4시에 특별 열차편으로 서울 탈출).

5

| 위문품 (27일 17시) |

고갯길을 전속 질주해오던 헌병대의 쓰리쿼터가

끼—익!

날카로운 금속성을 내면서 제2포의 직전에서 급정거했다. 깜짝 놀라서 쳐다보고 있는 포병들의 앞으로 후다닥 차에서 뛰어내린 4명의 헌병들이

"수고들 하십니다!"

인사를 하면서 일제히 거수경례를 했다. 영문을 몰라서 어리둥절해진 포병들에게 무턱대고 악수를 청하면서

"잘 싸워주세요!"

"믿겠습니다!"

"부탁합니다. 한방에 날려 보내세요!"

제각기 진지한 얼굴로 주문했었다. 비로소 사태 파악이 된 포병들의 얼굴이 벌겋게 상기되어가고 있었다. 헌병들의 눈에는 57미리 대전차포가 만능의 거포로 보이는 것 같았다. 아니라면 전방에 배치된 주력 화기여서 찾아온 것이겠지만 포병들로서는 과찬을 받는 기분이 들어서 부담스러웠다.

"필요한 것 있으면 뭣이던지 말만 하세요!"

헌병들이 호언장담하면서 가지고 온 물품을 끌어내리기 시작했었다. 빵, 비스킷, 사이다, 땅콩, 캐러멜 사탕, 초콜릿 그리고 엿 등 포병들의 수요 인원에 비해서 엄청 많은 양이었다.

"……!………!!"

포병들은 코끝이 찡―해졌다. 관급품이 아닌 뒷골목의 구멍가게가 출처인 것 같은 위문품을 보면서 노심초사(勞心焦思) 했었을 헌병들을 떠올린 것이다.

"고맙구먼유―"

출처가 미심쩍은, 어쩌면 장물(臟物)일지도 모를 위문품을 보면서 끈끈한 전우애까지 느끼고 있었다. 시침을 뚝 떼고 있는 헌병들을 향해서 소리쳤다.

"염려랑 꽉 붙들어 메드라고잉―!"

막중한 책임감과 용기를 북돋게 한 위문품이었던 것이다.

6

| 야크기 내습 (17일) |

간헐적으로 들려오던 포성도 멎고 진지 구축도 거의 마무리 되어가고 있었다. 병사들은 고갯길에 있는 약수터에서 길러온 냉수를 나누어 마시면서 휴식 중이었다. 모처럼 갖는 망중한(忙中閑)이어서 평소 같았으면 농담하고 장난치면서 떠들썩하기 마련이지만 지금에 분위기는 무겁게 가라앉아 있었다. 극도로 긴장된 상황이어서 서로가 자중하고 있기 때문이었다.

참호의 주위에 흩어져 있는 토분(土墳)에 기대서 낮게 가라앉은 하늘을 만감이 교차하는 표정으로 바라보고 있는 병사. 저만치 따로 떨어져서 고향요배(하직인사)를 올리고 있는 병사 등. 이 무거운 침묵을 깨고

"저것 봐―!"

소피를 보던 병사가 소리쳤다.

"뭐야!"

"어디?"

모두가 손짓하는 쪽을 바라본다.

따르……………! 따르…………!

능선 너머로 보이는 시가지의 상공에서 북한군의 야크 전투기가 급강하하면서 기총소사를 가하고 있었다.

"워메―! 저긴 중앙청 같은디―!"

"그케 말이다!"

병사들의 눈이 사발만큼 크게 휘둥그레지고 있었다.

"근디 우리 공군은 시방 어디서 뭐하고 있을까잉―!"

발을 동동 구른다.

"뭣? 뭐라꼬? 니 지금 우리 공군이라 켔나?"

도둑처럼 부리부리한 눈으로 동공을 들여다보자

"그래! 엄연히 우리 헌금으로 산 비행기 않있냐!"

비둘기처럼 가슴을 내밀었다.

"아이고! 마야! 이노무 아야! 그기 연습기지 어디 전투기가? 엥―!"

퍽 소리 나게 가슴팍을 치면서 말했다.

"뭣? 뭐라고야? 워따메―! 긍께로 시방 제공권까지 뺏겨뿌린 속판이당가!"

병사의 어깨가 단번에 축 늘어지고 있었다.

야크기의 기총소사는 계속되고 그 하늘에 방금 급선회한 두 줄기 흰 비행운이 극명하게 그려져 있었다. 북한군의 야크기는 거칠 것이 없었다. 요격기는커녕 대공포화도 없는 서울의 상공을 자유자재로 날면서 개전 초부터 김포공항, 용산역 그리고 서울공작창 등처를 마음 내키는 대로 폭격하고 있었던 것이다.

이 같은 상황에서 벌겋게 파헤쳐진 미아리 고개의 방어진지를 야크기가 못 본 것만 해도 천우신조(天佑神助)가 아닐 수 없었다. 국군에게도 공군은 있었지만 기체가 베(布)로 된 기종까지 도합 22기의 연습기가 고작이었다. 건국호로 명명된 이 공군기가 국난극복을 위해서 한강 이북을 수류탄으로 폭격한 것까지는 가상타 하겠으나 야크기에 쫓긴 나머지 태평로에 비상착륙하여 골목 안으로 도망쳤었다는 대목에 이르면 비분강개에 앞서서 어쩐지 서글퍼진다.

엎친 데 덮친 격으로 낮 12시께 창동과 쌍문동 간의 방어진이 무너졌다는 비보가 뒤늦게 날아들고 있었다.

(창동과 미아리 고개 간의 거리는 7킬로미터)

7

| 피아의 장비(탱크와 대전차포 위주) |

북한군

주력탱크: 쏘제 T34(보유 대수 242대)

무게: 32톤

길이: 6.1m

폭: 3m

속도: 56km/h

승무원: 5명

기관포 2문(7.62mm)

주포: 85mm

최대 사거리: 3.050m

장갑: 40~45mm

행동거리: 300킬로미터

장비탄수: 55발

국군

57mm 대전차포(보유 문수 140문)

정원: 12명

발사속도: 20발(분: 반자동)

유효 사거리: 1,510m

중량: 1,140kg

탄종

1. AP탄―철갑탄(관통 위주)

2. HE탄 ― 폭발탄(인마살상용)

3. APC탄 ― 지폭탄(X 인치의 철판을 관통 후 폭발)

본 작전에서 사용한 탄종은 APC탄임.

    다음은 3사단이 원산 점령 시 포획한 T34 탱크 2대(동시 포획했었던 자주포 SU76 12문을 북진 중 탱크와 함께 실전 투입되었다가 1950년 12월 24일 흥남부두 철수 시 항만 해저에 침몰시킴)를 본대(대전차포 중대에서 대전차 공격중대로 개편)가 운영하면서 얻어낸 자료와 APC탄의 성능을 입증하기 위한 실전기임.

T34 탱크

운전병: 2명(전방—조수석, 기관포수 겸임), (내부—운전석과 포탑)

교신: 각색 버튼 조준경—포구 조준(북한군에 의해 제거), 외부감시—잠망경 구조의 망원경 해치 개폐—핸들 작동 회전, 380도.

APC탄

본대는 3사단 직속 대전차포(2차 세계대전시 미군의 대대포) 중대로서 낙동강 교두보 작전의 일환이었던 포항지구 전투에 참가 중에 있었다. 승승장구해 온 북한군이 이곳에서 발목이 잡히자 초조해진 나머지 발악적인 맹공을 주야를 가리지 않고 속행하고 있었다. 포항 시가지는 그 소유주가 하루에도 몇 번씩 바뀌는 와중에 초토화되고 시가지의 남쪽 외곽에 흐르고 있는 형산강—제방 간의 거리 470미터 수심 2~3미터 유수폭 250미터를 사이에 양 군은 공히 양보할 수 없는 최후의 공방전을 벌이고 있는 가운데 대전차포 4문이 형산강의 지류인 칠성천으로 진출했었다. 시가지 너머의 숲 속에서 포격하고 있는 적진을 격파하기 위해서였다.

제방간의 간격 30미터 유수폭 5~15미터에 불가한 실개천의 둑을 방패삼아서 4문의 대전차포가 신속히 상황준비

(사격태세)를 갖췄다.

북한군은 숲으로 은폐되면서 내려다보는 형세인데 반해서 대전차포는 허허벌판 한가운데에 흐르고 있는 실개천에서 올려다보는 자세이다. 둑으로 가려진 사각이 있다지만 발포 시의 노출은 피할 수가 없었다.

피아의 대치거리는 2.6킬로미터. 중간에 형산강과 시가지가 있어서 더 이상 접근할 수가 없었다(현 포항제철 내륙편).

번쩍—!

숲 속에서 라이트 불빛처럼 켜지면 시차를 두고서

쿵—!

발포음이 들려오면서

슈—슈—ㄱ—슈—ㄲ 슉………!

포탄이 날아오고 있었다. 고참병쯤 되면 날아오고 있는 소리를 듣고 위해 여부 정도는 대충 가려낸다지만 믿을 게 못 된다.

슉………………!

다가올수록 소리가 날카롭게 높아지면서 압축되어 오는 폼이 위험성이 높은 지근탄(至近彈)으로 식별되는 순간

쾅!

폭음과 동시에 상사의 왼쪽 전박부에 해머로 내리치는 충격이 있었다. 파편창이었다. 통증보다는 정신이 얼얼했

다. 위생병이 압박붕대로 지혈하는 사이에 주위를 살피는데

"소대장님―!"

상반신이 갈기갈기 찢겨서 뼈가 허옇게 드러난 병사가 비명을 지른다. 시선이 마주치자

"나 죽어?"

잔뜩 겁에 질린 눈으로 묻는다. 가엾은 물음이지만

"죽긴 왜 죽어―!"

성난 얼굴로 위로한다.

"정말?"

애석하고 끈질긴 생명력이었다. 이미 가망이 없거늘

"그렇다니까!"

호들갑을 떨지만 속수무책인 무력감에 목이 메인다. 병사는 빙그레 안심하는 순간 꼴딱 소리를 내면서 숨을 거두었다. 공포가 말끔히 사라진 평온한 얼굴이었다.

쾅―!

맞은편의 둑에서 폭발하고

피융― 피융―!

마귀의 비명 같은 소리를 내면서 파편이 비산하고

쾅! 쾅! 쾅! 쾅!

노출을 불사한 대전차포의 응사도 계속되고 있었다. 이때

"서라! 쏜다!"

상사가 M2 카—빈 소총을 병사들에게 겨눈다.

"한 사람만 부축하라!"

부상병을 에워싸고 있는 병사들을 향해서 소리쳤다. 전선 이탈을 막은 것이다. 둑 하나의 사이가 유명(幽明)의 갈림길이다. 부상병 후송을 빙자해서라도 사지(死地)에서 벗어나고 싶은 게 본능이지만 돌격지점에서 적전자해(敵前自害)까지 자행하는 비겁한 악질이 있는 전선에서 용납되지 않는다.

"전우애 좋아하네!"

시니컬하게 웃고 있는 상사는 아리랑 고개의 장 중사이다. 미군에서 긴급 지원된 대전차포에 기술 장교가 없는 관계상 중대장 오 대위(역시 아리랑 고개의 오 중위) 말고는 전 소대장들이 하사관이다. 조국의 명운이 백척간두(百尺竿頭)인 지금, 이발사가 연대장이었던 소비에트 빨치산에 비한다면 약과다. 그리고 우리에게도 실제로 초등학교 졸업 및 중퇴한 연대장과 계엄 사령관이 있었던 것이다.

처절한 혈투가 계속되는 가운데 어느덧 철모를 달구던 햇살도 한풀 꺾이고 선뜻 가을의 정취가 느껴지는 9월 16일 오전 9시. 학수고대하던 연합군 총반격의 디데이였다.

포항 시가지의 서남부 외곽에 위치한 영일교를 향해서 견인차에서 분리된 대전차포 1문이 은밀하게 접근해가고 있었다. 유수폭 250미터 대전차포가 상황준비를 갖춘 위치에서 공격목표인 참호까지의 거리는 3백 미터.

하류 쪽의 형산교는 폭파되어 제방 간의 대치상태(금일미상)이지만 이곳의 영일교는 잠수교 구조여서 폭파되지 않고 원상을 유지하고 있어서 동해안 지역의 진격 요충지였다.

포성도 멎은 아침이었다. 그동안의 격전을 말해주듯이 퉁퉁 부풀어 오른 시체가 강을 메우고, 지각을 변형시켜버린 탄흔(彈痕)에도 무수히 흩어져 있었다. 북한군은 아직도 대전차포의 낌새를 모르는 것 같았다. 아니면 이제까지 안전을 지켜준 참호 벽의 두께를 믿고서 방심하고 있는 것이리라.

병사의 가슴이 벅차오르고 있었다. 돌이켜 보건데, 38선에서 낙동강까지 3개월에 접어들도록 쫓기고 밀린 수모와 고난 그리고 숱한 전우들과의 단장(斷腸)의 이별들이 파노라마처럼 엄습해오고 있었던 것이다.

장 상사는 중대장 오 대위의 배려로 야전병원에 후송되지 않고 중대 위생병의 치료를 받으면서 다친 팔을 삼각대로 목에 건 상태였다. 통증도 잊어버리고

"발사—!"

버럭 악을 쓰듯이 명령했다.

쾅!

귓전을 찢는 발포음과 동시에

슈―욱!

APC탄이 강 건너 참호에 들이박히는 육감이 느껴지는 찰나

쾅―!

지폭뇌관(遲爆雷管)이 터지면서

털썩―!

북한군의 시체가 누워있던 자세 그대로 참호 밖으로 뛰쳐나오고 함께 솟구치고 있는 흙과 돌 그리고 참호 속의 잡동사니를 제치고 장총이 공중 높이 날아오르고 있었다. APC탄의 위력이다. 단 한 발로 참호를 도려내듯이 몽땅 날려 보낸 것이다. 다리를 지키던 또 하나의 참호를 날려 보낸 다음, 때를 같이 해서 북쪽 대안을 포격하기 시작한 본대를 도와서 측면포격을 가함으로써 적을 완전히 제압하기에 이르렀다. 흥분한 장 상사와 대원들이 다리를 향해서 달리고 있었다.

"만세―! 대한민국 만세―!"

목청이 터져라 외쳤다. 이밖에 지금의 감격을 또 무엇으로 대신하리오.

3사단이 이날 하루에 영덕까지의 50킬로미터에 달하는 진격을 가능케 하고 나아가 동해안 지역에서 북진의 물꼬를 트이게 한 숨은 1등 공신은 바로 이 APC탄이었던 것이다.

쏘제 T34 탱크

8

| 작전 시나리오 (17일 오후) |

아침부터 내리던 비가 그쳤지만 하늘은 먹구름이 낮게 깔린 상태였다. 중대장, 김 대위가 두 명의 분대장들에게 작전계획을 설명하고 있었다.

"저기에 탱크가 나타나면 그 즉시 공병대가 폭파한다!"

2백 미터 전방에 내려다보이는 예의 다리를 손으로 가리키면서 말을 이었다.

"다리가 무너지고 그 때문에 탱크가 주춤거릴 때, 바로 그 순간, 우리가 쏜다!"

일사천리였으나 이때 김 대위의 눈동자에 스쳐간 난색을 병사들은 놓치지 않고 있었다.

"알다시피 저 다리는 서울 진입에 마지막 관문이다. 따라서 우리의 임무는 중차대하다!"

구레나룻이 어울렸던 호탕한 기질의 김 대위의 다리가 사시나무 떨듯 하고 있었다.

"……!"

병사들의 시선을 의식하고는

"이건 무샤부루이(무사의 용솟음치는 떨림)야!"

웃으면서 강변했지만 병사들은 웃기는커녕 그로 인해서 도리어 숙연해져서 굳어버렸다. 시시각각 다가오고 있는 위기에 대한 공포감으로 말미암아 병사들 역시 때가 아닌 추위를 타고 있었던 것이다.

"………………."

"………………."

"………………."

셋 사이에 비장한 교감이 흐르고 있었다.

"질문사항 있나?"

이윽고 마지막으로 물었지만 묵묵부답이었다. 정녕 우문에 우답이 될지언정 목구멍까지 치미는 질문사항이 없지 않았으나 그것은 묵시된 금기사항이었다.

"포당 2대를 격파하라."

같은 시각.

부관 장 대위가 4명의 병사들을 인솔하고는 고개 위에

올라섰었다. 凹자로 절개된 오른 편의 둔덕은 그 높이가 2층집 높이에 불과했지만 절벽을 이룬 벼랑 위인데다가 이 부분에 한해서 잡목과 으악새풀이 우거져있어서 병사들을 잠복시키기에 안성맞춤이었다.

일본군 군속이었던 장 대위는 예전의 습관대로 철모를 등에 걸머메고서 서성거리다가 결심한 듯이 입을 열었다.

"근께로 요 밑으로 탱크가 지나가려고 할 때 요것을 던져라!"

나뭇가지 사이로 내려다보이는 도로와 발밑에 수북이 쌓아놓은 빈 병 더미를 번갈아 가리키면서 계속했다.

"속에 채워 넣을 휘발유는 곧 지급될 텐께 싸게 막 굴리다시피 던져라!"

더러는 잡병까지 뒤섞인 빈 병 더미를 보면서 아연실색(啞然失色)한 빛이 역력한 병사들에게는 아랑곳없이

"시방 백오십만 서울이 늬들헌테 달렸은께 용감무쌍하게 싸워주기 바라는 바이다!"

목소리를 깔고 무성영화의 변사 조다.

한문자 횟수가 9이면 보다 많은 횟수로 들여다보기를 반복해야만 했던 장 대위 필생의 연설은 아직도 이어지고 있었다.

"사즉생이라고 안하냐! 긍께로 죽기로 작정하고 덤비면 이긴다는 말씀이야! 육장!"

대전차포 중대에는 편제상 지뢰소대가 있어서 화약류에 익숙한 병사가 있었지만 당장 가지고 있는 다이너마이트나 대전차 지뢰가 없었던 관계로 부득이 취하고 있는 조치였던 것이다.

9

| 출동 (25일) |

용산구 한남동에서 기갑연대와 철조망을 사이에 주둔하고 있었던 보병 3연대의 병영에 새벽의 정적을 깨뜨리고 요란한 비상 나팔소리가 울려 퍼지고 있었다.

작년(49년)에 19연대와 임지교대 되어서 전북에서 상경해 있던 부대로서 그로 인해서 본대는 앉은 자리에서 19연대에서 3연대로 배속 변경되어 있었다.

"비상! 비상—!"

병사들이 복창하면서 용수철처럼 뛰쳐나오고

"완전무장으로 집합—!"

주번병이 내무반을 뛰어다니면서 외치고 있었다. 6월 25일의 새벽이었다. 무기와 실탄이 지급되고 38선상에서 발생한 비상사태를 요약해서 듣고는 대기 중이던 차량에 분승하고 영문을 빠져나갈 즈음에는 이미 날이 훤히 밝아 있었다.

미아리 고개를 향해서 혜화동 로터리를 지나가고 있는 포병부대의 긴 차량 행렬을 보면서도 시민들의 별다른 동요는 없었다. 아침 7시에 긴급 뉴스를 듣고도 38선에서 자주 일어나는 또 하나의 분쟁쯤으로 낙관하고 있었기 때문이다. 이로부터 미증유(未曾有)의 동족상쟁의 참화로 발전하리라고 예측하는 사람은 아무도 없었던 것이다.

전선에 도착한 본대는 보병부대의 빗발치는 지원요청에 따라서 포천과 동두천 사이를 각 소대별로 이합집산해 가면서 동분서주했지만 입수한 정보(격파불가)를 확인하는데 그치고 별다른 성과 없이 의정부의 북방에 있는 소흘면 송우리에서 일선배치되고 있었던 3연대로 복귀했었다. 전세는 악화되었고 아군의 작전차질로 인해서 공백상태이던 포천읍을 무혈점령한 북한군은 여세를 몰아서 3연대의 방어진을 짓밟고 돌파하기에 이른다.

이때 대전차포로 북한군의 선두에 나타난 사이드카 부대에 피해를 주었지만 탱크의 반격을 받고 3연대는 많은 피해를 입고 철수하기에 이르렀던 것이다.

10

| 장군들 (25일) |

    가슴께 높이로 자란 솔밭 사이에 8문의 대전차포가 은폐되었다. 탱크의 출현이 예상되는 전방의 간선도로가 좌측방으로 급커브를 그리고 꺾이면서 후방으로 빠져나가고 있는 사이에 10~20미터의 길쭉한 천수답(天水畓)이 있고 그로부터 펼쳐진 솔밭에 대전차포가 전개되어 있었던 것이다. 이 좌측방의 도로 상에 갑자기 지프차와 쓰리쿼터가 모여들고 있었다.

    야전 지휘관들의 모임인 듯 그 중의 지프차에서 거구의 장군이 하차하고 있었다. 멀리서도 한눈에 알아볼 수 있는 육군총참모장 채병덕 장군으로 몸무게 120에 키 190의 거한이었다. 그 앞에 일렬횡대로 선 7사단장을 위시한 야전지휘관들의 경례에 답하고는 곧장 훈시가 시작되었고 그 광경을 천수답 너머의 포병들이 지켜보고 있었다. 그러나 유감스럽게도 지금까지 남겨진 기억에는 다음의 세 마디뿐이다. 장군 특유의 카랑카랑한 목소리로 훈시가 계속되는 중인데

슉······!

포탄이 날아들었다. 그것도 탄도가 장군들과 대전차포가 일직선상이었다. 요컨대, 둘 중의 하나가 포격의 목표인 것이다.

쾅―!

대전차와 가까운 후방에서 폭발했었지만 훈시는 여전히 계속되고 있었다.

단락

쿵―!

연설하고 있는 장군의 등 뒤에 병풍처럼 펼쳐진 산맥에서 발포음이 들리면서

슉······!

먼젓번보다 더 낮게 장군들의 머리 위를 스치고

쾅―!

대전차포의 후미에서 폭발하면

피융―! 피융―!

간담을 서늘하게 파편이 비상했었다. 이때 땅바닥에

바짝 엎드려 있던 병사가 장군들 쪽을 본다.

"최후의 일병까지 마지막 Mi 한 자루가 남기까지 싸웁시다!"

장군들은 미동도 않고 훈시는 계속되고 있었다.

예로부터 마상의 장수는 자세를 흩트리지 않는다는 불문율이 있어왔다. 전군에 미치는 영향 때문이겠으나 지금은 기마전 시대가 아니다. 모름지기 신변의 안전을 도모하는 게 옳다. 더구나 지금 저기에 모인 지휘관들이 국군의 최고 중추인 것을 감안한다면 더욱 그렇다.

병사들이 손에 땀을 쥐면서 지켜보고 있는 가운데

슈ㅡ 슈ㅡㄱ 슈ㅡㄲ 슈ㅡㄱ 슈ㅡ!

뜻밖에 포격의 방향이 바뀌고 있었다. 그렇다면 포격의 의도는 병사들의 염려와 달리 위압 내지 교란포격이었던 것이다.

"휴우ㅡ!"

병사들이 안도의 가슴을 쓸어내린다. 그와 동시에 위기일발의 상황에서도 시종일관하여 추호의 흐트러짐도 없이 의젓하게 대처한 장군들로부터 깊은 감명을 받는다.

"용장 밑에 약졸 없다"

권토중래(捲土重來)를 확신케 하는 장면이었던 것이다.

57미리 대전차포

11

| 엄호 없는 포병 (25일 오후) |

동두천에서 의정부를 향하는 간선도로를 겨냥하고 4문의 대전차포가 상황준비를 마쳤다. 사정거리 2백 미터. 위험을 무릅쓰고 탱크의 취약점인 측면을 공격할 요량인 것이다. 좌측방 4백 미터에 있는 야산과의 사이에는 십여 채의 초가지붕의 농가가 마을을 이루고 있었고 그 둘레에는 보기에도 척박(瘠薄)해 보이는 천수답이 펼쳐져 있었다. 오늘 낮에 때 아닌 북풍이 몰고 온 소나기 때문에 물꼬가 넘치고 산들바람에 나부끼는 느티나무의 신록이 눈에 부시도록 싱그러웠다.

포·보병은 서로가 도움으로써 제 역할을 십분 발휘하기 마련이다. 현재 대전차포에는 보병의 엄호가 없었기 때문에 각별히 경계태세를 강화 중이었는데 길 건너의 숲에서 삼삼오오 낙오병들이 넘어오기 시작했었다.

미군들이 입던 헌옷을 재생한 입성 탓도 있었겠지만 보기에도 민망할 정도로 초라해진 낙오병들이 대전차포의 앞을 지나가면서

"탱크——탱크——!"

주문을 외우듯이 중얼거렸다.

"뭐라고?"

묻자

"탱크랑께, 그래샀네!"

퉁명스럽게 쏘아붙이고는 고개를 설레설레 흔들면서 뒤도 돌아보지 않고 지나가 버렸다. 탱크로부터 받은 충격이 너무나 컸던 탓이다. 이윽고 낙오병들의 발길마저 뚝 끊기고 피아의 소유가 불분명한 공황지대가 된 전방에는 무기미한 적막감이 감돌고 있었는데,

"돌격—!"

좌측방의 야산에서 함성이 일어났다. 얼핏 민가의 지붕 위로 보이는 북한군은 소대병력에 불가했지만 엄호해주는 보병이 없는 마당에 철수할 수밖에 없었다.

"상황 끝—!"

묻었던 포가를 접고 견인차에 연결하고 탄통(彈筒)에서 꺼내왔던 나탄(裸彈)을 적재함에 싣는데 위험을 무릅쓰

고 던지다시피 했었다.

이 사이에도 북한군의 선두는 마을의 고샅을 벗어나려고 하고 있었다.

"저놈들 죽여라―!"

번쩍 치켜든 웬 칼이 꽤나 위협적인 데다가 녀석의 목청 또 한 번 엄청나게 우렁찼었는데 처음으로 들어보는 북한군의 육성이었다. 그리고 보니 언제부터 우리가 불구대천(不俱戴天)의 원수였었나 싶었다.

이쪽도 역전의 용사들이다. 순식간에 출발 준비가 갖추어지고 이제 마지막으로 남은 포탄을 집어던지는 순간이었다.

"익크!"

너무나 흥분한 탓으로 힘에 균형을 잃고 던져진 포탄이 높이 치솟았다가 이번에는 뇌관을 밑으로 수직낙하하고 있었다.

"엎드려―!"

모두가 땅바닥을 향해서 몸을 날리고는

"하느님―!"

보다는

"어머니―!"

쪽이 더 많았던 것 같았다. 그리고는

"………!"

생사의 갈림길에서 일각이 천추인데 그 사이에도 사유(思惟)는 계속되고 있었다.

"저것이 유폭(誘爆)을 일으킨다면

"………!!"

생각이 여기에 미치는 즈음

뿌지지직……………………………!

실금(失禁)해버리는 소리가 들려오고 있었다. 본시 인간의 소화기관인데다가 장소가 전장이어서 개의할 바 없지만 소화되지 않은 오리지널 생똥이어서 콧날이 씰룩 휘어지는 판국인데

딱꿍— 딱꿍— 따르르— 따르르—!

총성이 여기가 사파세계(娑婆世界)인 것을 일깨워주고 있었다.

"출발—!"

급발진하여 쏜살같이 달려가는 쓰리쿼터의 주위에

피융— 피융— 피씩— 피씩—!

총알이 귀뿌리를 스치고 땅에 꽂히지만

"아하…………아하……………!"

병사들은 마냥 기쁘다. 천지를 진동시켰을 유폭에서 벗어난 지금 이 기쁨을 뭣에 견주리오.

"아하…………아하……………!"

금시 찾았던 천우신조인 것을 잊어버렸기로서니 누가

이들을 탓할 가보냐.

쏘제 T34 탱크

12

| 현충탑 |

정문 보초도 없이 텅 빈 취(鷲―7사단) 부대 앞을 지나서 의정부 역전광장에 도착했었다. 미착한 소대를 기다리기 위해서였는데 낮 12시에 북한군의 포탄이 날아들기 시작했었다.

위압 내지 교란 포격인 듯 시내의 이곳저곳에 분산포격하고 있었는데 그 중의 한 발이 대전차포가 정렬하고 있는 후미에서 폭발했었다. 대포에는 이상이 없었지만 하사관 한 명이 대퇴부에 파편창을 입는다. 중대장 김 대위가 전투임무수행 불가 판정을 내려서 즉각 후송 조치케 되었다. 생사고락을 같이 해온 전우들과의 기약 없는 이별이어서 석별에 인사가 길어지고 있었다. 소대장, 오 중위와는 이름 자 하나가 동음이자(同音異字)로 동성동명이었던 오 상사는 장 중사와는 가까운 동향인이었다.

"집에 가면 소식 전해줄게!"

눈물까지 글썽해가면서 약속하고 있었다. 헌데, 이 끈 끈한 전우애의 한편에서는 사지에서 벗어나게 된 오 상사에 대한 부러움과 거먹에 찬 시선도 있었다.

한편,

갑자기 불어난 부상병을 수용할 시설이 없었던 군은 시중의 각급 의료시설에 분산 수용케 한 결과 28일 파죽지세로 서울에 침입해온 북한군에 의해서 무차별 학살되었다는 소문이 파다했다. 전선에 줄곧 따라다니는 유언비어다.

다음 해(51년) 전상으로 인해서 귀가해 있던 장 중사를 찾아서 오 상사의 장인과 부인이 묻고 있었다.

"아는 데까지 말해주게⋯⋯⋯⋯?"

"예말이요! 예?"

손에는 오 상사의 실종 통지서가 쥐어져 있었다. 그러나 장 중사는 묵묵부답이었다. 소문만으로 오 상사의 주검을 말할 수가 없었던 것이다.

그로부터 강산이 몇 번 바뀌고도 남은 세월이 흘러간 어느 날 백발의 노인이 된 완년의 장 중사가 눈앞에 세워진 현충탑을 놀라운 눈으로 바라보고 서있었다.

장소는 서울 종로구 연건동 서울대학병원 의생연구원의 뒤편—창경궁 길 건너편.
다음은 현충탑의 전문이다.

현 충 탑

이름 모를 자유전사의 비
1950년 6월 28일

여기에 자유를 사랑하고 자유를 위해 싸운 시민이 맨 처음
울부짖는 소리 있었노라
여기 서울로 들어오는 이 언덕에 붉은 군대들이 침공해 오던 날
이름 모를 부상병, 입원환자 이들을 지키던 군인,
시민투사들이 참혹히 학살되어 마지막 조국을 부른 소리
남겼노라
그들의 넋을 부를 길이 없으나 길게 빛나고 불멸의 숲 속에
편히 쉬어야 하리
겨레여 다시는 이 땅에 그 슬픈 역사를 되풀이 말게 하라

"................."

노병은 몰려오는 만감 속에서 떠날 줄을 모르고 서있었다.

13

| 위장된 장갑차 (26일 오후) |

본대는 의정부 시내에 날아들기 시작한 포격을 피해서 남하 중에 길가에서 휴식 중인 보병중대를 만나서 정지했었다. 월등히 우세한 적과 마주쳤었던 병사들의 사기는 그 얼굴에 나타나 있었다. 이 같은 상황에서 나돌기 쉬운 게 유언비어이다. 언제나 그렇듯 그중에는 악성도 있었지만 '미군참전'과 '탱크지원'처럼 시기적으로는 좀 억지스럽지만 고무적인 소문도 있었다.

소문에는 시기상조도 없었다. 게다가 유리한 쪽으로 믿고 싶은 게 인지상정이다.

"탱크————!"

주문을 외우던 병사가 있었듯이, 탱크는 지금 공포의

대상인 동시에 소유하기를 갈망하는 소망인 것이다. 무릇 간절한 소망은 기적을 낳는다. 선(禪)으로 관상(觀想)을 보듯이 모든 열성적인 신앙인은 자기가 믿는 우상을 목도하게 되는 이치다. 지금 병사들이 '미군참전'과 '탱크지원'에 대한 열망은 종교인의 우상에 대한 염원에 못지않다. 게다가 미군참전과 탱크지원은 기적이 아닌 가능성이었다.

이때였다.

"탱크다!"

보병이 벌떡 일어서서 소리쳤다. 눈을 의심하지 않을 수 없었다. 남쪽 4백 미터 후방의 산모퉁이를 돌아서 두 대의 탱크가 북진해오고 있었던 것이다. 그것도 북한군의 것보다 더 커 보이는 탱크가 양쪽 가로수에 맞닿도록 어마어마하게 위장하고 유유히 다가오고 있었다.

가슴을 뭉클하게 감동을 주는 장면이었다.

"대한민국 만세—!"

함성이 일고 성급한 병사가 탱크를 향해서 달려가고 있었다. 풀이 죽어있던 병사들이 생기를 되찾고 감격한 나머지 서로 부둥켜안고 뒹구는 병사들도 있었다. 헌데 포병들은 침착했다. 한남동에서 철조망을 사이에 두고 기갑연대와 함께 주둔하고 있었던 관계로 한국군에는 탱크가 없는 사실을 잘 알고 있었다. 그러기에 지금 저기에 나타난 탱크는 미군이 참전했거나 긴급지원한 탱크여야 했는데 어쩐지 미심쩍은 것이다. 포병들은 자기들의 의구심이 빗나가기를 바라는 복잡한 마음으로 다가오는 탱크를 뚫어져라 응시하고 있었다. 3백 미터에서 2백 미터. 그러나 카터필러의 묵직한 진동과 굉음은 아직도 들려오지 않고 있었다. 반면에 백 미터 전방에 이르면서 돌멩이에 채이고도 뒤뚱거리는 경박한 거동으로 돌변하더니 경쾌한 엔진 소리가 들려오기 시작하다가 급기야는 추렁추렁 엄청나게 위장한 나뭇가지 사이로 마각—타이어 바퀴가 드러나고 말았던 것이다. 한 대 얻어맞은 충격이었다.

"워메! 요것이 뭣이당가!"

비명이 들려오고 있었다. 만에 하나 사기진작을 위한 궁여지책이었다면 그 효과는 역으로 컸을 것이다.

57미리 대전차포

14

| 용전분투하고 있는 국군 (25일~28일) |

병서가 이르듯이 승리의 관건은 정공법이다. '장갑차에는 탱크로' 식으로 물리적인 우위가 선행되어야 함에도 불구하고 그렇지 못하는 역경에서도 우리의 국군은 불굴에 투지로 용전분투했었던 사실을 간과해서는 안 된다.

국군 10만 5천8백 명인데 비해서 북한군은 정예화된 19만 8천4백 명이었고 그 중에는 전투 경험이 풍부한 팔로군 출신의 6사단이 의용군 명목으로 참가하고 있는데다가 한국군에는 전무한 야크전투기 9기와 IL12기 및 정찰기등 도합 211기에 이어서 SU76 자주포 176문, 고사포 85미리 12문, 27미리 24문 그리고 쏘제 T34 탱크(2차 세계대전 시 독일군을 상대로 맹위를 떨친) 242대가 투입되고 있었던 것이다.

각설하고,

제1사단의 우익이었던 고랑포에서는 25일 6시 30분을 기해서 북한군 제1사단이 탱크 40대를 앞세우고 13연대를 공격한 것을 발단으로 전투가 벌어지자 대전차포와 로켓트포로 대항하였으나 성과가 없자 육탄특공대를 조직하여 로켓트포탄과 수류탄을 가지고 탱크 4대를 격파했었다.

한편,

중부전선의 김정오 대령 휘하의 제6사단은 포로로부터 얻어낸 정보에 입각하여 장병들에게 외출 외박을 허용한 타부대와는 달리 사단 자체의 비상 경계령을 발령하고 제7연대를 춘천 북방에 배치하고 제8연대로 하여금 인제와 홍천 간의 도로를 확보하게 하고 19연대를 사단예비로 삼아서 배치하여 그 방어연장선상이 90킬로미터에 달하였으나 만반의 전투태세를 갖추고 있었던 결과 이날 4시 15분에 개시된 전투에서 북한군 제2사단의 2개 연대에게 심대한 피해를 입게 하여 '춘천과 홍천을 점령하고 수원방면으로 우회하여 서울을 방어하고 있는 서부전선의 국군주력부대를 포위섬멸하라'는 북한군의 조기작전계획을 무산케 하였으며 또한 홍천에서는 북한군 7사단의 탱크를 앞세운 공격을 받은 8연대가 유리한 지형을 이용하여 탱크 9대를 격파한 나머지 북한군을 소양강의 대안에 있는 우두머리 평야에서 3일 간에 걸친 압박 끝에 40퍼센트에 달하는 병력손실과 포병화력의 태반을 잃게 하였던 것이다. 북한군 2사단은 김종오 대령의 6사단이 철수한 다음 날인 28일에야 춘천을 점령케 됨으로써 이 작전 차질의 문책으로 군단장 김광혁이 김무정으로 바뀌는 사태에 이른다.

또한,

동해안의 8사단은 제10연대로서 26킬로미터에 달하는 진지를 수비케 하고 21연대로서 삼척지역의 산업시설보호와 대유격전을 맡고 있었던 차 4시 30분을 기해서 양양부터 주문진으로 침공해온 북한군 5사단과 강릉의 해안으로부터 상륙해온 북한군 제766부대와 549부대의 협공을 받으면서 고군분투하면서도 27일까지 북한군을 저지하였던 것이다.

26일 아침.

전일 동두천을 점령함으로써 사기가 올라있었던 북한군 제4사단은 여세를 몰아서 2개 연대로 하여금 의정부 공략에 나서게 하였으나 전투태세가 갖추어지기 전의 허점을 틈탄 국군 7사단의 공격에 패주하고 말았던 것이다.

동두천과 의정부 간에 있는 축석령에서는 김풍익 소령이 지휘한 105미리 유단포가 포신이 벌겋게 달아오르도록 사격하였음에도 별 무효과이자 김 소령은 장세풍 대위를 비롯한 6명의 결사대를 결성하여 포격이 용이한 지점을 찾아서 1.6킬로미터를 이동하여 직접 사격준비를 갖춘 다음 탱크가 백 미터 전방까지 접근하도록 기다렸다가 사격(곡사포로 직사 가능)하여 선두탱크를 격파하고 뒤따르던 탱크를 사격하려고 하는 순간 탱크의 반격을 받고 김 소령과 장세풍 대위를 비롯한 6명의 결사대 전원이 장렬하게 전사하였던 것이다.

서울 사수를 위한 최후의 보루가 된 미아리 고개에서는 육탄공격으로 희생된 장병이 백여 명에 달하였고 이밖에도 화염병으로 자폭한 병사와 수류탄을 가지고 탱크에 뛰어오른 중대장 등 수많은 장병이 불굴의 투지로 용전분투하였던 것이다.

15

| 패주 |

대전차포를 견인해가는 쓰리쿼터를 향해서 탱크가 포
격하고 있었다.

쾅—!

포탄이 가까운 거리에서 폭발하면서,

피용— 피용—!

파편이 비산하고

와그르……………!

흙더미가 쓰리쿼터의 적재함에 타고 있는 병사들을 덮
치고 있었다.

덜커덩— 덜커덩—!

요동칠 때마다 병사들은 공중이었다. 차는 달리고 병

사들이 공중이면 차 밖으로 떨어지기 마련이지만 용케도 제자리에 굴러 떨어지고 있었다. 이것은 달리는 생선차에서 파리가 자유자재인 이치로 이른바 관성법칙(慣性法則)의 결과이다. 그러나 방심은 금물이어서 병사들은 새파랗게 질린 얼굴로 매달리고 있었다.

이윽고 십년감수의 위기를 모면하면서 사각이 된 고개를 넘겼지만 엎친 데 덮친 격으로 갈수록 태산이었다. 아스라이 굽이치고 있는 고갯길에는 삼삼오오 행군해가는 보병들과 각종 군용차량 피난민과 그들의 달구지 그리고 군이 긴급 징발한 민간차량 중에는 목탄차(木炭車)까지 있어서 통제 불능의 혼잡을 이루고 있었던 것이다.

탱크에 쫓겨 온 포병들이 초조해진 나머지 고래고래 질타하고 안절부절못하지만 쉽게 소통될 가망은 없었다. 그리고 올 것이 오고야 말았던 것이다.

쾅—!

고개 위에 당도한 탱크가 포격을 개시했다. 장사진의 한복판에서 터지자 삽시간에 아비규환의 아수라장이 되고 말았다. 앞을 다투던 차량이 논바닥에 곤두박질치고 피격된 병사가 흙고물이 되어서 기어가지만 난장판이 된 판국에 눈에 띌 리가 없었다. 탱크는 우물 속의 개구리에게 돌을 던지듯이 중요 목표를 골라가면서 포격하고 있었다. 이때 지엠씨 옆으로 병사가 뛰고 있었다.

앞을 다투는 와중에 몇 미터에 불과한 차간거리가 생기자 뒤따르던 또 다른 지엠씨가 전속질주로 추월해가는 순간,

끼―익!

달려가던 병사를 적재함끼리의 사이에 낀 채 불꽃 튀는 마찰을 일으키면서 날카로운 금속성을 냈었다.

빙그르르……………….

사이에 낀 병사가 축(軸)이 돌듯이 꼬이고 있었다.

번쩍―!

불꽃 튀는 틈바구니에서였다.

"!!"

분골쇄신(粉骨碎身) 아니면 두 동강이 다 하고 바라보고 있는데

"??"

눈을 의심하지 않을 수가 없었다. 적재함끼리의 마찰로 인해서 불꽃이 튀던 틈바구니에서

빙그르르……………………!

꼬이다가 뛰쳐나온 병사가 종전처럼 뜀박질을 계속하고 있는 것이다. 대포가 탱크의 표적이 된 마당에 더 이상 추적 확인하고 있을 겨를이 없었지만 사유는 계속되고 있었다.

"저것은 관성법칙이다!"

"아니다! 혼백이 달아난 귀신이다!"

"나무아미타불………."

고이 성불(成佛)하기를 빌면서 이탈해가고 있었다.

16

창동 방어진을 돌파한 북한군이 미아리 고개를 향하는 도중에 한남동에 있는 기갑연대와 동대문에 포격을 가하자 그동안 지하에 잠복해있던 좌익분자들과 사전에 잠입해 있었던 편의대(便衣隊)가 시내 곳곳에 방화하여 인심교란을 획책하고 군의 사기를 떨어트리고 있었다.

오후 7시.

폭우가 쏟아지는 가운데 탱크를 선두로 한 북한군의 총공격이 시작되자 국군의 105미리 유단포 57미리 대전차포 야포 박격포 그리고 각종 소화기를 총동원한 완강한 저항에 부딪쳐서 선두 탱크를 격파 당하고 공격을 중지하기에 이르렀던 것이다.

이때 기갑연대의 유연 대장이 나타나서

"탱크를 격파할 결사대 20명만 나오라!"

명령하자 40여 명이 지원하였고 이들은 유연 대장이 건네주는 화랑담배 한 개비씩을 눈물을 삼키면서 피우고는 순발신관에서 안전핀을 뺀 81미리 박격포탄을 안고 탱크의 밑으로 뛰어들었으며 이 같은 육탄공격으로 산화한 병사가 기술한 바와 같이 미아리 고개만으로도 백여 명에 달하였던 것이다.

피아의 포화가 지축을 흔들면서 포효 작렬하고 있는 교전 중에도 좌익진이었던 아리랑 고개에는 적정이 없었다. 2문의 대전차포는 구릉으로 가려진 사계 때문에 지원사격도 못하고 손에 땀을 쥐면서 지켜볼 수밖에 없었던 것이다.

17

| 돌진해간 용사들 (27일 21시 30분) |

제1포가 배치된 산 중턱에는 보병 20연대가 일선배치
되고 있었다. 오늘 낮 전남 광주에서 급거 출동해 온 지원
군이어서 전방에서 철수해오는 병사들과는 달리 사기충천
했다.

"한판 붙어보드라고잉—!"

겁도 없이 기염을 토했었다. 주둔지인 호남지역에서
공비토벌을 해온 탓으로 지금에 상대를 잘 모르고 과소평
가하고 있는 경향이 있었지만 그렇다손 치더라도 극도로
사기가 침체된 전선에 모처럼 신선한 기운을 실어주고 있
었다.

"박살내부릴텐께—!"

호언장담하고 있는 폼이 우습기는커녕 믿음직스러웠
다. 제1포의 고참병들과는 동향인 데다가 같은 530 돌림
군번이어서 금시 십년지기 마냥 친숙해지고 있었다.

　　"그런께로 우리 20연대서 전속 간 거네요?"

　　"그랬었지라우! 각도에서 1개 중대씩 차출해 가지고서
지금에 포병단이 만들어졌은께요!"

　　"워메! 반갑소잉!"

　　손이 아프도록 붙잡고는

　　"걱정마쇼! 우리가 왔은께!"

　　보병이 포병을 격려하자

　　"그래봅시다! 우리 힘 합쳐서 싸워봅시다!"

　　곧장 의기투합되었다.

　　먹물을 부은 듯이 지척을 분간할 수 없는 어둠 속에서
폭풍전야의 무기미한 정적이 흐르고 있었다. 다시 있을 공
격을 기다리면서 피를 말리는 초조한 시간이 흐르고 있는
중이었는데,

　　"야—!"

　　갑자기 제1포의 전방에서 함성이 일어났었다. 어느 틈
에 전방에 흐르고 있는 정릉천을 건너간 20연대다. 추정
병력 60여 명. 비록 적은 인원이지만 사기가 침체된 전방
에 감동을 주는 장면이었다.

"20연대 만세―!"

목구멍까지 치미는 감격을 꾹 참는다.

따르………따르르…………탕……!

밤하늘에 날아오르고 있는 예광탄이 불꽃 같았다. 그 예광탄이 어둠 속을 오르락내리락 빠른 속도로 백운대 방향을 향하고 있었다. 어떤 목적으로 누가 지휘하고 있는지는 알 길이 없었지만 대단한 용기였다.

탕………탕…………따르르………따르르!

눈물을 흘리면서 바라보고 있는 진격의 행보는 8부 능선에 있는 솔밭 부근 같았다.

"야―!"

함성이 들려오고 있었다. 여기서 한바탕 교전이 있었던 것 같은데 확실치가 않다. 남겨진 기억은 여기까지다. 지금으로서는 싱거운 콩트 같지만 패색이 짙은 국면에서 그리 쉬운 거사가 아니어서 굳이 첨기해 두고자 하는 것이다. 용감무쌍했던 20연대의 용사들에게 무운장구 있었기를 빌면서.

18

| 수상(隨想) |

구름이 잠시 갈라지는 사이에 달빛이 비치자 쥐 죽은
듯한 지상과는 달리 먹구름이 소리 없이 소용돌이 치고 있
었다. 태고의 정적 속에서

징…………끄르…………끄르………!

무수한 풀벌레 소리와 배음(倍音─무의식 속에서 듣고
있는 소리)이 들려오고 있는 어둠 속에서 이슬에 젖은 철
모가 희미하게 반사하고 있었다.

"그래도 쇠사슬에 묶여서 싸웠다는 장개석 군대 기관
총사수보다는 우리가 나아……!"

불쑥 말을 건네자

"똥 싸고 자빠졌네!"

쏘아붙이고는

"다시 살 수만 있다면 굵고 짧게 살고 싶었는디……!"

한숨에 땅이 꺼진다.

"어차피 도마 위에 생선인께…!"

동문서답하고 있는 서로의 눈동자가 어둠 속에서 맹수를 닮았다.

"하늘이 무너져도 솟아날 구멍은 있다고 않겠나!"

"제삿밥도 없는 몽달귀신(총각귀신)도 사주팔잔께!"

농담하고 있지만 그실 주검을 결심하기까지의 갈등인 것이다.

"야, 야! 쓰잘데 없는 소리 집어치우고 배 중사 너 접때 하던 첫날 밤 이야기나 다시 계속해 보드라고잉―!"

제1포의 분대장이었던 김 중사다.

"하마! 하마! 그기 좋다!"

"그래유―!"

모두가 찬성이었다. 얼핏 뚱딴지같은 이야기처럼 들리지만 속셈은 시시각각 다가오고 있는 결전의 공포감을 잊기 위해서다. 주검을 유유자적하면서 맞이하는 게 그리 쉬운 게 아니다.

"워메! 이 판국에 무슨 소리요! 그러고 그 이야기라면 그때 그것으로 종친 거랑께―!"

강하게 거부반응을 보이고는

"남의 속도 모르고……!"

귀신 씨나락 까는 소리로 중얼거렸다.

"뭣? 뭐이라고야? 긍께로 중요한 대목에서 갓으로 빙빙 돌리다가 이제 와서는 그것으로 종친 거라고?"

하고는

"쳇! 관둬라! 치사한 놈아! 장가 한번 갔기로소니 대개 유세하네잉!"

입을 삐쭉거린다. 눈망울을 초롱초롱 뜨던 때와는 딴 판이다. 기대하던 호기심이 무산되자 배신감마저 느껴진 것이다. 대부분의 병사들이 그렇듯이 김 중사도 숫총각이었다. 그러기에 여성은 호기심 이상의 신비의 대상이었던 것이다. 그런데 김 중사의 경우는 유별난 데가 있었다. 여성을 떠올리기만 해도 가슴이 뛰고 얼굴이 벌겋게 달아오르고 숨까지 찼다.

"무슨 남자가 저래!"

뒤통수에서 들리면 억울하고 자존심이 상했다.

정작 남자끼리일 때는 제법 똘똘한 측에 드는데 그만 여성 앞에 노출되면 영락없는 얼간이다. 요는 숫기가 없기 때문인데 그 때문에 여성에게 아무렇지 않게끔 다가서서 말을 거는 친구들이 무척 부럽다. 작심하고 접근해가면 얼굴이 무섭게 일그러지는지 엉뚱한 오해까지 받으니까 구제불능이었다. 초등학교에서도 남녀유별이 엄격했던 탓이기도 한데, 몇 살이었는지도 기억에 없을 정도로 까마득한 소싯적에 이웃에 사는 영자가 뚜껑이 없는 맨홀의 저편에서 소피를 갈겼었다. 김 중사를 향해서 기세 좋게 정통으로 분출했었는데 그때 받은 충격을 잊지 못했다. 단숨에 달려서

"엄마! 영자 XX가 짤렸어!"

금시 피가 뚝뚝 떨어질 것만 같은 영자의 자궁을 떠올리면서 사발만큼 휘둥그레진 눈으로 일러바쳤지만 그때 모친이 뭣이라고 대답했는지는 기억에 없다. 그 영자씨를 김 중사가 짝사랑해왔었던 것이다.

"이 일을 어쩐다냐……!"

새발에 피 같은 월급을 꼬박 챙겨 넣은 전대(纏帶)를 매만지면서 한숨에 땅이 꺼진다.

"잊어뿌라카이! 연분이 아닌 기라!"

눈치를 챈 배 중사가 위로하자

"시끄럽다!…… 그건 그렇다 치고 황천행 동반자가 하필이면 너냐?"

칠흑의 어둠 속에서 바짝 마주보고 웃는다. 모래알처럼 숱한 사연들을 지워버릴 순간이 시시각각 다가오고 있었다.

19

28일 0시를 기해서 북한군의 총공격이 재개되었다. 국군은 또다시 보유하고 있는 총화력을 동원하여 응전하는 한편으로 결사대로 하여금 육탄공격을 감행하였으나 장비의 열세와 중과부적으로 인해서 28일 새벽 1시를 끝으로 서울방어의 최후의 보루였었던 미아리 고개의 방어진이 무너지고 말았던 것이다.

그리하여 북한군 제105전차여단 제107연대의 선두전차와 함께 북한군 제1군단의 주력인 제3, 제4사단의 병력이 물밀 듯이 서울 시내에 진입하기에 이른다.

이 와중에 새벽 2시 15분에 한강대교가 폭파되고 전의를 상실한 국군들이 앞을 다투어서 퇴각하고 있었으나 이때에도 아리랑 고개에 배치된 대전차포 2문과 이에 소속된 병력은 현 위치를 지키면서 건재하였다.

이들 포병들은 한강대교의 폭발음과 그 섬광을 감지하고 있었지만 그것이 무엇을 의미하는지를 모르고 있었던 것이 사실이다.

20

| 최후의 항전 (28일 새벽 4시부터 5시 사이) |

사위는 칠흑의 어둠과 태고의 정적에 싸여 있었다.

"자식들! 대개 뜸들이네잉ㅡ!"

불쑥 꺼내는 말소리가 떨고 있었다.

"조용들 해라! 곧 올 테니까!"

제2포의 장 중사다. 코까지 흘러가면서 온몸으로 떨고 있지만 어둠 때문에 보이질 않는다. 시시각각 다가오고 있는 위기에 대한 공포감으로 말미암아 모두가 때 아닌 추위를 타고 있었던 것이다.

"그런데…"

말을 계속하려고 하는 순간

"쉿!"

포수가 팔을 누르면서 제지했었다. 그리고는

"들었죠?"

속삭이듯 묻는다.

"……?"

영문을 몰라서 포수의 눈빛을 바라보는데

털컥— 털컥—

계곡 쪽에서 금속성의 둔탁한 소리가 들려오고 있었다.

"들리죠?"

"응!"

분명히 쿼터필러가 땅바닥을 깔아뭉개는 소리였으나 보이질 않는다.

털컥— 털컥— 털컥—!

끊겼다가 다시 들려오고 있었다. 웬일인지 은밀히 다가오고 있는 소리였으나 탱크와 그 방향과 가닥마저 잡히지 않는다.

"어디야?"

"저기 저기요!"

손짓하지만 팔의 중간부터 어둠 속에 지워져서 손끝이 보이질 않았다.

털컥— 털컥—!

한 대가 아닌 복수(複數)의 지동이었지만 칠흑의 어둠

이 펼쳐져 있을 뿐이었는데

"!!"

어렵사리 소리 나는 방향을 포착한 장 중사의 시야에 컨테이너 박스 같은 윤곽이 식별되고 있었다. 그러나 탱크가 동작을 그치면 그 즉시 탱크의 형태가 사라져버리고 갈피를 잡을 수 없는 어둠이 시야를 가렸다. 낮에 열심히 익혀둔 지형이지만 도움이 안 된다.

퍼뜩, 김 대위의 말을 떠올렸다.

"저기에 탱크가 나타나면 그 즉시 공병대가 격파한다!"

철석처럼 믿고 있는 작전 계획이었다.

"?……?……?"

목을 뽑아 기다리지만 폭파는커녕 공병대의 기척도 없었다.

"공병대ㅡ! 공병대ㅡ!"

마음속으로 절규하지만 공병대는 오리무중이었다. 어제 낮에 폭파장치가 완료되었을 테니까 발파 스위치만 누르면 될 터인데 공병대가 없는 것이다. 발파 스위치가 멀리 있는 것도 아니고 분명히 부근에 있을 것이지만 칠흑의 어둠 속에서 찾아볼 수도 없었다.

"공병대ㅡ! 공병대ㅡ!"

애간장이 타지만 속수무책이었다. 이때

"저 다리는 서울진입에 마지막 관문이다!"

김 대위의 목소리가 생생하게 되살아나고 있었다.

"탱크가 다리를 건너면 끝장이다!"

화급을 다투는 순간인데 어둠 속에서 소대장, 오 중위를 찾을 수도 없고 그럴 필요도 없었다.

"발사―!"

낮지만 단호하게 명령했었다. 그리고는 포병의 습관대로 입을 반쯤 벌리고 숨을 죽여가면서 발포 순간을 기다렸다.

5초…10초…15초.

발포되지 않았다.

"뭘 해?!"

물음에도 묵묵부답이었다. 그 사이에도

털컥― 털컥―!

탱크가 여전히 천천히 그리고 은밀히 다가오고 있는 소리가 계곡 쪽에서 들려오고 있었다. 초조해진 나머지

"발사―!"

또다시 낮지만 발끈한 목소리였다. 그제야

"이것 봐유―!"

포수가 리이스(이동목표용) 조준경을 포의 몸통에서 떼서 내밀었다.

"?……!!"

직경 7센티미터 길이 50센티미터의 원통형 조준경을

들여다보는 순간 가까스로 식별되던 탱크의 윤곽마저 사라져버리고 어둠과 어둠을 플러스한 먹통이었다. 대전차포에는 포의 몸통에 고정장착된 조준경도 있었지만 똑같은 사정으로 사용불능이었다. 전방에 펼쳐진 암흑의 장막을 보고 절망하면서도

"………!"

기도하는 마음으로 포수 쪽을 응시하고 있었다. 포수는 옹진전투에서 그 실력을 인정받은 역전의 용사였다. 혼신의 집중력을 발휘한 나머지

쾅!

드디어 제1탄을 날렸다.

슉……………………!

벌겋게 달아오른 APC탄이 새벽의 어둠을 뚫고 골짜기에 내리꽂히는 찰나

쾅—!

폭발음과 동시에

번쩍—!

섬광이 착탄지점을 파랗게 부각시켰다. 탱크가 보이고 다리에 이르기 직전의 내리막길에 있었다. 이때,

딸……………………………!

정체를 알 수 없는 소리가 대전차포를 향해서 급속도로 압축되어오고 있었다.

"??"

장 중사가 고개를 갸웃하는 순간

슈―욱!

싸늘한 공기 마찰이 스치고

쾅―!

20미터 후방에 있는 판잣집 주막이 폭삭 주저앉고 있었다. 딸딸거리던 소리는 대전차포를 향해서 날아오는 탱크의 포탄이 가로수의 가지를 부러트리면서 날아오는 소리였던 것이다. 가로수와 대전차포 그리고 판잣집 주막이 일직선상이 된 상태에서 간발에 고도 차이로 피격을 면한 것이다.

적은 단 한 발에 발포섬광을 근거로 대전차포의 위치를 정확하게 포착한 것이다.

"옮겨라! 옮겨―!"

신속한 이동과 사격을 위해서는 도로를 벗어날 수 없었다. 딱딱한 노면에 포가를 묻을 수도 없었다. 대포의 요동을 막기 위해서 분대장을 비롯한 전원이 포가에 올라타고 누르면서

쾅!

제2탄을 날렸다. 불덩어리가 된 포탄이 어둠에 쌓인 새벽의 창공을 가르면서 날아가는 찰나

탱―!

정확히 탱크의 해치에 명중했다.

"명중—! 굿—!"

어둠 속에서 오 중위의 환호성이 들려오고 있었다. 그러나 APC탄은 관통하지도 폭발하지도 않고서 오른편 70도의 각도로 튕겨서 하늘을 향해서 아스라이 소멸되어가고 있었다. 이미 알고 있던 사실인 만큼 새삼스럽게 놀랍고 실망하지도 않았다. 주저하고 있을 겨를도 없었다.

"빨리—! 빨리—!"

즉각 대포가 떠난 자리에서

쾅—!

정확히 명중하고 있었다. 단발씩 이동사격을 하던 제2포는 이처럼 아슬아슬하게 위기를 모면하면서 교전을 속행할 수가 있었지만 산중턱에 포가를 묻고 고정배치되었던 제1포는 초전에 피격되어

"분대장님 머리가 빠개졌슈!"

피투성이로 달려온 제1포의 탄약수로부터 김 중사의 장렬한 최후를 듣는다.

딸……………………!

또다시 탄도가 일직선상이었다.

"빨리—! 빨리—!"

이동해 가는데

쾅—!

옮겨간 자리에서 폭발하면서

피융― 피융―!

파편이 비산하고

꺄악―!

어둠 속에서 단말마의 비명이 들려오고 있었다. 발포 충격으로 대포가 뒤집힐지언정 신속 위주였다. 포가를 접을 사이도 없이 컴퍼스처럼 떡 벌어진 채

"옮겨! 빨리!"

고갯길을 자꾸만 내려가지만 도로가 반대로 휘어져 있어서 서로의 대치거리는 크게 좁혀지지 않고 있었다. 탱크는 다리 위에서 대각선의 각도로 측면을 노출한 상태로 격파되고 있었다.

쾅!

쏘고

쾅―!

날아오고 양편 다 같이 정확하게 명중시키고 있었으나 대전차포는 떠난 후다. 1,140킬로그램에 달하는 대포를 정원이 미달 되어가는 상태임에도 거뜬히 운반해 가고 있었다. 평상시에는 중량의 분산을 위해서 포신에 매달렸지만 지금은 뜨겁게 달구어져서 포가만을 들기 때문에 더 힘들지만 모두가 필사적이어서 도리어 가볍다. 현제의 대치거리 200미터. 직사포 대 직사포이므로 일발필중이었다.

쾅!

명중하는 순간

"명중—! 굿—!"

양손을 무릎에 짚은 엉거주춤한 자세로 용케도 개구리처럼 뛰어오르고 있는 오 중위가 보이기 시작하고 있었다. 날이 밝아오고 있는 것이다.

(일출 05시 12분)

육사 8기생. 실향민이었던 오 중위는 그 때문에 더욱 비장했는지 모른다. 야윈 체구에 온화한 성격의 소유자였던 오 중위는 맡은 바 임무를 수행하기 위해서 지휘관으로서의 위치를 고수하면서 병사들에게 용기와 힘을 실어주고 있었다. 병사들도

"탱크를 막자!"

일념으로 무아무중이었다. 추위와 공포는 감쪽같이 사라지고

"탱크를 막지 못하면 끝장이다!"

하는 생각이 이심전심되어서 모두가 혼연일체였다.

쾅!

쾅—!

교전이 속행되는 가운데 탱크는 다리에서 한 발자국도 벗어나지 못하고 있었다. 피격된 탱크가 다리를 막아버린 것이다.

쾅―!

"명중―!"

외치면서 장 중사를 돌아보는 오 중위의 눈이 사발만큼 커보였다.

"빨리― 빨리―!"

이동해 가는데

"포탄이 떨어졌슈―"

탄약수가 외쳤다. 보유탄 6발 중 다섯 발이 소진된 것이다.

"빨리 가라우―!"

포탄수령을 오 중위가 명령하는 순간

돌격―!

야―!

어느 사이에 길 아래쪽 40미터의 가시거리(可視距離― 날이 완전히 밝지 않았음)까지 육박했던 북한군이 땅의 포면이 한 겹 벗겨지듯이

벌떡―!

일어서는 광경을 뒤로 하고 이미 적후방(敵後方)이 되어버린 미아리 고개를 향해서 치닫는다.

"포탄 수령!"

장 중사의 하얗게 텅 빈 머릿속에 새겨진 유일한 글귀였었다.

참고문헌

김점곤, 『한국동란(일역판)』, 광명출판사, 1973.

권주혁, 『기갑전으로 본 한국전쟁』, 지식출판사, 2008.

적후방敵后方
16일 간의 사투

해발 1,401미터인 설악 산맥 중의 가리산 주걱봉에서 중대는 능선을 따라서 일선 배치되고 그 가장 높은 정상에 OP(전방 지휘소)를 설치하고 있었다. 5월 16일이면 산 아래에서는 이미 늦봄인데도 이곳의 사계(射界)에서는 아직도 많은 눈이 쌓여 있어서 병사들의 긴요한 식수원이 되어 주고 있었다. 능선에 올라서면 굽이치는 연봉(連峯) 너머로 떠오르는 해돋이가 장관이었다. 해가 중천이 되면서 산기슭을 가렸던 안개가 산정으로 증발 상승하면서.

샤—!

가랑비 오듯이 소리 내어 스치면서 노출된 피부와 군복을 삽시간에 흠뻑 젖게 했었다.

가시거리(可視距離) 5미터.

참호의 주위에 군생(群生)하고 있는 향나무의 그윽한

향기가 안개 속에 짙게 표류하고 있어서 마치 구름을 타고 서 날고 있는 신선이 된 기분이었다.

─이윽고

엷어지기 시작한 안개가 흩날리면서 장막을 걷듯이 확 사위가 선명해지는 순간,

"앗─!"

소스라치게 놀라서 온몸을 움츠리고 말았다. 그럴 수밖에 없던 까닭은 무변광대한 동해의 바닷물이 거대한 쓰나미처럼 일시에 동쪽으로 쏠린 나머지 하늘을 향해서 노도처럼 역류하기 시작했기 때문이었다.

햇빛의 영향으로 바다와 하늘색이 같아짐으로 말미암아 수평선이 소멸되어서 생겨난 착시현상(錯視現像)이지만 역류해 간 바닷물이 금시라도 머리 위에서 쏟아질 것만 같은 압박감에 숨이 꽉 막힐 지경이었다.

그야말로 필설(筆舌)을 절한 대자연의 파노라마를 보면서

"피식─!"

엉뚱하게 웃는다. 비록 목숨이 담보이긴 하지만 군대가 아니었으면 이 같은 장관은 감히 언감생심이다 싶은 자조(自嘲)다.

방탄과 방한을 위해서 견고한 참호가 필수였다. 병사들은 꽁꽁 얼어붙어서 콘크리트처럼 단단해진 땅을 곡괭

이로 팠지만 워낙 표토가 얕아서 금시 암반층이 드러났었다. 어쩔 수 없이 지형지물을 최대한으로 살려가면서 만들어진 참호에 나뭇가지와 풀잎 등으로 위장했었다.

"화기엄금"

생각보다 멀리 비치는 불빛 때문에 흡연까지 금지되어 있었다. 밤이 되면 풀잎과 나뭇가지로 가려진 엉성한 지붕의 백호천창(百戶千窓)에서 반짝이는 무수한 별들을 바라보면서 일몰과 동시에 급강하하는 추위에 떨어야만 했다. 병사들에게는 보초교대가 끝난 시간대라고 편히 잠들 수 있는 것도 아니다. 비좁은 참호에서 많게는 4~5명까지 엇갈려서 누워 있는 바람에 반민반수(半眠半睡)이기 일쑤였다.

휴전설이 나돌면서 영토 확장과 유리한 고지의 확보를 위해서 공방전이 날로 심해지고 있었다. 집중공격을 막기 위해서 총열이 뜨겁게 달아오르고 수류탄을 던지는 것으로는 모자라서 굴리다시피 한 결과, 교전이 잠시 중단되는 사이에,

"우웡— 우웡—!!"

단말마의 비명과 부상병의 신음소리가 골짜구니에 산울림이 되어서 울려 퍼지고 있었다. 이 같은 상황에서 병사들의 사기양양을 위해서 정훈공작반의 기발한 회람이 배부되고 있었다. 용감한 병사에게 독일의 전쟁미망인들

이 지참금을 가지고 기다린다는 내용이었는데

"기가 막혀서…!"

정도로밖에 반응이 신통치 않았다. 게다가 후방에서는 '북진통일'을 외치는 데모가 연일 벌어지고 있었지만 가식 없는 병사들의 소원은 오직 하나.

"종전"

뿐이었다.

병사들의 급식은 계곡에 있는 취사반에서 운반되고 있었지만 워낙 험준한 산세여서 도착까지는 반나절이 걸리는 실정이어서 매끼 식은 주먹밥을 먹어야만 했었다. 그나마 늘상 배불리 먹을 수 있는 양도 아니다. 오늘도 보급이 늦어지고 있었다.

"와 또 이리 늦노!"

잔뜩 볼멘소리로 투덜거리는 순간

우르………………!

별안간 동해안 쪽으로부터 정체를 알 수 없는 굉음(轟音)이 급속도로 몰려오고 있었다.

"엇?"

"아!"

깜짝 놀란 병사들이 휘둥그레진 눈으로 마주 보는데

우당탕………………!!

전방의 산기슭에서 귀가 멍멍해지도록 절정을 이루고 휘몰아치다가

따르·····························탕········!

썰물처럼 서쪽으로 아스라이 멀어져 가면서 비로소 총성으로 분별되고 있었다(곳에 따라서는 일제포격이었음). 소총기로는 처음으로 들어보는 어마어마한 일체사격이었다. 현재 시각 8시~10시 사이. 이것이 파다하게 예고되어 왔던 춘계대공세로서 이른바 제5차 제2단계(6·25전쟁 중 중공군에 의한 6대 공세 중 하나)의 서막이었던 것이다.

"낙동강! 낙동강—! 낙동강 나오라! 낙동강—! 낙동강—!

통신병이 악을 쓰듯이 고래고래 호출하지만 무응답이었다. 바로 직전에

"임진강 후퇴하라! 임진강—! 후퇴······!"

밑도 끝도 없는 짤막한 일반적인 송신을 끝으로 교신이 끊긴 것이다. 그 목소리가 다급하게 뛰어가고 있었던 것으로 보아 CP(후방지휘소)까지 모종에 비상사태가 발생한 것이 분명했다. 사태의 심각성을 직감한 중대장 김 대위가 즉각 철수하기를 서둘렀었다. 출발하기에 앞서서 우군이 있어야 할 우측방의 하부능선을 타고서 남하 중인 북한군을 발견하고는 기관총으로 하여금 사격케 한 결과 기관총끼리의 1 대 1의 총격전이 벌어지게 되었다.

살아서 천 년 죽어서도 천 년이라 일컫는 주목나무의 숲이 장관을 이루고 있는 골짜기를 사이에 두고서 탄도가 유연한 포물선을 그리면서 교차하고 있는 장면을 바라보면서 대수롭지 않게 여기고 있었는데 적탄이 기관총사수의 코를 옆으로 뚫고 말았다.

　"중대장님—!"

　금시 얼굴이 뚱뚱 부풀어 올라서 눈이 보이지 않게 된 사수가 피거품을 뿜으면서 울부짖었으나 지혈하기가 난감한 부위여서 속수무책이나 다름없었다. 중대는 적정을 피해서 산세가 험한 서편으로 하산을 마쳤다. 대열을 정비한 다음 지금 막 계곡 밖으로 나가려는데 전방에 펼쳐진 초원에서 일렬횡대로 전개하고 있었던 1개 중대병력의 북한군이 좌측방에 나타난 우리는 보지 못하고서

　"돌격—!"

　마치 훈련하듯이 저항도 없는 나지막한 전방의 봉우리를 향해서 돌진하기 시작했다. 어처구니없는 사태가 벌어지게 되고 말았다. 돌진하다 말고 그제야 우리를 발견한 북한군의 일부가

　딱꿍— 딱꿍— 따르—! 따르……!

　장총과 다발총으로 총격을 가해오자 전의를 상실한 병사들이 내려오던 산으로 흩어지고 만 것이다. 이 와중에,

　"장 상사—! 장 상사—!"

김 대위가 절규하듯이 부르고 있었지만 격렬해지기 시작한 총격과 도중에 노출될 지형 때문에 다가갈 수가 없었다. 나를 따르고 있는 대원은 연락병이었던 1등병(이하─구·계급) 한 명이었다. 사정권을 벗어나서 잠시 쉬는 사이에 상황판단을 시도해보지만 거듭되는 돌발 사태 때문에 갈피를 잡을 수가 없었다.

(중공군은 서부 전선의 연합군을 견제하기 위해서 양동(陽動)하고 그 주력으로 하여금 중동부전선의 한국군을 섬멸할 목적으로 현리를 중심으로 배치된 제3, 5, 7, 9사단의 작전 책임지역에서 종심기동(집중돌파)하여 목하 7사단의 전면에 6개 사단을 투입 공격하고 그 우측방의 3사단을 군단병력으로 돌파하고 있었던 것이다)

무조건 남쪽을 향해서 빠져나가기로 작정했었다. 한 시간여, 적에게 발견되기 쉬운 능선을 피해서 가급적으로 7, 8부 능선을 타고서 이동해 갔으나 결국 수하(誰何)에 걸리고 말았다.

"누구얏─!"

날카로운 고함 소리와 동시에

따르⋯⋯따르르⋯⋯탕─! 탕─!

총알이 빗발쳐 왔다. 달리는 것은 산행의 금기사항이다. 증폭(增幅)되는 보폭 때문에 사고로 이어지기 때문이지만 목숨이 경각에 달린 전장에서는 예외다. 엎어지고 넘어지고 필사적으로 전력질주다.

사리나무와 억새풀이 듬성듬성 자란 산비탈에 마땅히 은폐할만한 지형지물도 없었다. 겨우 두 그루의 키가 낮은 나무가 있어서 다급한 김에 그 사이에 뛰어들었는데 은폐에도 도움이 안 되는 나뭇가지에 카—빈 소총의 멜빵이 얽히고 말았다.

힘껏 당겨도 빠지질 않는다. 총격은 빗발치고 우물거리다가는 죽을 판이다. 온몸에 체중을 싣고 간신히 빼내는 사이에 1등병은 저만치 앞서가고 있었는데

"아이야—!"

비명을 지르면서 넘어졌다.

"일어나라—! 일어서—!"

소리치자 벌떡 오뚝이 마냥 일어서서 달리기를 계속했다. 다행히 중상은 아닌 것 같았다.

"빨리— 빨리—!"

재촉하는데 1등병이 자꾸만 하퇴(下腿)를 끌어안기 시작했다. 하퇴에는 미해병대의 긴 각반을 착용하고 있었다.

"풀지 마라! 뛰어라 뛰어—!"

소리치지만 끝내 주저앉고 말았다. 그리고는 각반을 풀고 솟구치는 피를 본 듯 꼼짝도 않는다.

따르…따르르—탕………!

그 사이에 총격은 나에게 집중되고 있어서 다가갈 수도 없었다. 어쩔 수 없이

"일어나라—! 일어서—!"

절규하고 있는 눈앞에 아찔한 낭떠러지가 가로막는다. 주저할 겨를도 없었다. 좌사(座死)하느니 운은 하늘에 맡기고 이판사판이다.

"에잇—!"

허공에 몸을 날렸다. 그리고는,

송— 송— 송— 송— 송—!

실제보다 길게 느껴지는 체공중(滯空中)에

"꿈이 거라……!"

를 서두로 별아 별에 주마등이 스치고 지나가는 것을 바라보다가

"팍—!"

마침내 그것도 두 발로 꼿꼿이 착지한다.

경상도의 앙강이었는지 기계였는지 모르는 곳에서 똑같은 공중비상(空中飛翔)을 한 적이 있었는데 고지에 올라서자 북한군이 기관총으로 기다리고 있어서 뛰어내리지 않을 수 없었다. 그리하여 촘촘히 선 소나무를 낫으로 창칼처럼 벤 야산의 한가운데에 역시 두 발로 꼿꼿이 선 것이다. 만에 하나 엉덩이를 깔았으면 영락없는 인간꼬챙이가 분명했을 거늘 이를 두고 기적이라 일컫는다.

거의 둥근달이 떠서 백야처럼 밝히고 있는 넓고 깊은 곡간(谷間)에서 뻐꾹새의 울음소리가 산울림이 되면서 들려오고 있었다.

뻐꾹— 뻐, 뻐꾹—

뻐꾹새는 총·포성만 그치면 몽구스처럼 뛰쳐나와 울어대면서 향수에 젖은 병사들의 심금을 때렸다. 나는 1등병을 떠올리고 있었다. 회자정리(會者定離)는 전장의 다반사지만 나를 믿고 끝까지 따르던 1등병에게 죄책감이 있었다. 포승(捕繩)에 묶여서 입대하는 자까지 있는 시국에 입대 연령도 아니어서

"왜 왔니?"

묻자

"사고 쳤슈—!"

익은 복숭아처럼 얼굴을 붉히면서 대답했다. 군대 밖의 일이라 더 이상 묻지 않았지만 초등병이었던 시절이 연상되어서 측은했다. 구두닦이를 했었다는 1등병은 붙임성이 좋아서 병사들 간의 유대도 좋았는데 연대가 잠시 제2선에 물러섰을 적에 열렸던 가요콩쿨대회에 출전했었다. 대회가 무르익어가는 가운데 1등병의 차례가 되자 체구에 비해서 과분수인 Mi을 어깨에 걸쳐 메고서 단상에 올라서자마자 악대의 연주도 없이 대뜸,

"아주머니 사타구니 밑에 구멍이 뻥 뚫렸어—!"

기세 좋게 그것도 2절까지 연속해서 박장대소(拍掌大笑)를 유발시켰다. 염려했던 여군들도 다행히 웃음을 참지 못하고 있었다. 정녕 음담패설의 분별에도 못 미치는 청순무구(淸純無垢)한 소년이었던 것이다. 가슴이 벅차올라서

"미안하다…!"

피를 토하듯 신음했었다.

명암이 뚜렷한 달빛의 그늘 속에서 아군 복장의 병사가 나타나더니 이 편으로 향하는 능선을 타고서 올라오고 있었다. 주위를 두리번거리면서 몹시 경계하는 눈치였는데 잠시 덤불 속에 가려져 보이지 않게 된 사이에 발자국 소리가 바로 직전까지 와있었다.

"국군?"

소리를 죽여가면서 묻는데

"으앗―!"

기겁하면서 두 손을 번쩍 들다 말고

"이기―! 늣꼬!"

소리쳤다. 본대의 성 상사였다.

"성 상사―!"

"살아있었나―!"

둘은 부둥켜안고 이산가족 상봉처럼 반겼다. 그리고는 얼굴을 다시 확인하듯이 마주보다가

"다들 어떻게 됐나?"

궁금증을 묻자

"포로 됐다 아이가!"

"중대장도?"

"그렇다카이!"

비통한 얼굴로 대답했었다. 바로 어제.

"장 상사도 훈장 하나 만들어 놔야제?"

"고맙지만 애들이나 줘요!"

"그러제—!"

이것이 영이별의 인사가 되어버린 것이다.

(김 대위는 그 후 탈출해왔다는 소식이 있었음)

쿵—쿵—쿵—와르르…!

남쪽으로 멀어지고 있지만 아직도 간헐적으로 포성이 들려오고 있었다.

"우린 지금 억수로 적후방인기라!"

성 상사가 말을 걸어왔지만 몰려드는 절망감 때문에 대꾸할 기분이 아니었다.

"진인사대천명(盡人事待天命)이라 안 카나! 가는 데까지 가보자!"

자신에게 타이르듯이 성 상사가 말했었다. 그리고는

"이거 한 대 피어보구라!"

불쑥 담배를 내밀었다. 사이즈가 긴 필립 모리스였다

(이즈음 병사들에게도 미국산 담배가 약간씩 지급되고 있었음). 안절부절못한 빛이 역력한 나에 대한 배려인 줄은 알지만

"못 피우잖아!"

황급히 손을 내젓지만

"아무 소리 말고 한번 피어보구라!"

막무가내였다. 난감했지만 호의일진대 더 이상 거역할 수도 없어서 철모로 가려가면서 담배를 입에 물자 대뜸 라이터에 불을 켜주는데 그만 엉겁결에

스윽―!

심호흡하듯이 연기를 깊이 들이마시고 말았다. 헌데

"……!"

의외로 부드럽고 향기로운 담배연기가 폐부를 어루만지듯이 통과하고는 오장육보의 어디쯤까지 침투한 느낌을 주다가

화아―!

입 밖으로 뿜어나가는데 놀랍게도 천불난 심화(心火)를 몰고나가는 황홀감이 있었다. 순간적이었지만 대단한 소염(消炎) 효과였다. 이로부터 몇 년 후에 상습흡연자가 되는 과정에서 겪은 거부반응과 역겨움도 없었다. 시기적절 신통 절묘한 바 있었다.

현재 시각 01시 20분. 월몰(月沒)이 가까워지고 있었다. 그동안 달빛을 이용해서 성 상사와 다섯 시간을 계속해서 걷고 있었다. 그 사이에 숲속에서 아군들과 조우(遭遇)하기를 거듭하면서 현재 총 24명으로 불어나고 있었다.

전군 최강으로 알려진 18연대(백골부대)원까지 뒤섞인 병사들을 보면서 새삼스럽게 어제 있었던 아군의 피해규모를 실감케 했다. 평상시에는 부하들에게 껄끄럽기만 하던 고참병인데 이럴 때는 축지법을 하는 구세주가 되는지 악착같이 뒤따르고 있는 것이다. 특이한 점은 이들 속에 장교와 하사관(부사관)의 계급장은 보이지 않았고 포로가 된 상사만을 유독 '악질반동'으로 사살한다는 소문 때문에 나 역시 무계급장이었다.

달빛은 야간행군에 도움을 주는 반면에 적에게 발견되기 쉬운 약점이기도 해서 초긴장 속에서 행군이 이어지고 있었다. 행군요령은 두 명의 척후병의 수신호를 이용하고 있었는데 행군거리를 단축시키기 위해서 노출의 위험을 무릅쓰고 강을 건너고 벌판을 가로질러가면서 지금은 8부 능선을 타고 있었다. 산기슭에는 북한군이 야영하고 있었고 발밑은 미끄러운 마사토질의 급경사여서 자칫 실족하면 활강마찰로 인해서 미라가 되어서 북한군의 한복판에 나가떨어질 위험 때문에 숨소리도 죽여가면서 네 발로 기어가다시피 걷고 있었는데 누가 명령한 것도 아닌데 행군이 멈추어버렸다.

어차피 강압적인 명령이 통하는 상황도 아닌데다가 그동안의 피로를 감안해서 5분간의 휴식을 취하도록 했었다. 사위가 쥐 죽은 듯이 고요한데

챙그랑―챙그랑―챙그랑―!

졸던 병사가 철모를 떨어뜨리고 말았다.

"비상―"

산기슭에서 왁자지껄한 소란이 들리면서

탕…탕…따르…………!

예광탄이 불꽃처럼 날아오르고 있었다. 인간의 초능력이 입증되고 있었다. 네 발로 기어가다시피 걷던 마사토질의 급경사를

후다닥……!

한 명의 낙오병도 없이 빠져나오고 있었던 것이다.

달도 지기 직전이 되고 마침 은신할 숲도 있어서 서로 몸을 기대면서 밤을 지새웠다.

17일 오전 10시.

짙은 안개를 이용해서 행군은 계속되고 있었다. 현재의 위치도 파악되지 않는 상태지만 진로는 남이다. 북한군은 전과(戰果)의 확대를 위해서 뿔뿔이 흩어져 있는 아군을 소탕할 목적으로 곳곳의 목을 지키고 있었기 때문에 행

군 속도는 지지부진했었다.

안개가 걷힐 무렵에 물줄기를 만나서 갈증과 허기를 채우는데

"너희는 포위되어 있다! 순순히 투항하라!"

"생명은 보장한다!"

좌우 양편의 산에서 고함소리가 들려오고 있었다. 우리는 내려오던 산으로 다시 되돌아서서 뛰었다.

탕……탕, 탕, 탕— 따르—!

협공을 받으면서 천신만고 끝에 몸을 숨겼으나 이 와중에 성 상사가 실종되고 인원도 6명으로 줄어들고 말았다. 성 상사의 실종은 큰 충격을 주었다. 이젠 상의하고 의지할 상대가 없어진 것이다. 갑자기 미아가 된 심정인데 내 눈치만 살피고 있는 낯선 대원들을 보면서 암담했었다.

3일째 <small>(18일)</small>

　　본대의 1등 중사가 나타났었다. 북한군에게 쫓기고 있는 아군을 발견하고 달려왔다는 것이다. 나 역시 반가웠지만 중사는 눈물까지 글썽했다.

　　"이거……"

　　휴식 중에 중사가 다가와서 쌀을 한 움큼 건네주었다. 대단한 선심인 것이다. 3일 만의 곡기(穀氣)였다. 포만감과 에너지 효과를 위해서 물을 몽땅 마셨다. 평상시라면 배탈이 나기 십상이지만 그럴 염려는 없었다. 탈주하기까지의 16일 동안에 배변은 없었으므로.

　　(소변미상)

　　굶주림과 피로 때문에 발걸음은 천근같았지만 안개와 야음을 틈탄 행군은 계속되고 있었다. 모두가 말이 없었다. 서로가 생소할뿐더러 한시도 긴장을 늦출 수가 없었기 때문이었다. 그 사이에 또다시 아군들과의 회우를 거듭한 결과, 이번에는 40명이 넘는 인원이 되어 있었다. 그러나 과반수가 비무장이었고 소총을 가지고 있어도 보유탄약의 제약 때문에 유사시에도 교전할 형편은 아니었다. 숲을 이용해서 휴식 중이었다.

"우리 인사나 합시다!"

방금 편입된 대원 중의 2명이 찾아와서 인사를 청했다.

"……?"

말없이 쳐다보는데

"대위 ㅇㅇㅇ입니다!"

"육군 중위 △△△입니다!"

관등성명을 밝히면서 손을 내밀었다.

"1등 상사 장정빈입니다!"

반기면서 손을 마주잡자

"왜 이러슈—! 우리 계급은 속이지 맙시다!"

대위가 못마땅해서 볼멘소리를 냈다. 나를 장교로 오인하고 있는 것이다. 장교라고 사람이 달리 생긴 것은 아니어서 옷매무새 등 군대에서 풍기는 '티'로 짐작하는 것인데 그렇다손 치더라도 내가 실제보다 나이가 더 들어 보이는 게 한몫을 하고 있는 것 같았다.

나는 열아홉 살이었다. 작년에 3사단 직속대전차공격 중대(대전차포중대의 후신)의 소대장 당시에 이미 1등 상사(원산 점령에 감격한 대통령의 특명으로 사단 전원 일계급 특진)였다. 부하들의 말대로 더럽게 일찍이 입대한 탓인데 생각해보니까 그 때문에 겉늙어 보이는 것 같았다.

열여섯(우리 나이로 열일곱)에 여순반란사건 진압작전과 공비토벌을 열일곱에 옹진전투 그리고 열여덟 살 부터 지금의 6·25를 겪는 사이에 노쇠현상이 촉진된 듯하다. 인간이 신심을 과격하게 소진시키면 오는 현상으로 비근한 예로 천자문을 짓고 백발이 된 이치다.

"……."

할 말이 없었다.

"좋소! 우리 같이 지휘합시다!"

대위가 제의했고 이의는 없었다. 행군요령은 전과 동으로 이동해 가는데

"뒤로 전달! 옆 보지 말 것!"

앞을 보고 있는 자세 그대로 소리를 죽여가면서 전달되고 있었다. 나는 즉시 눈동자만을 좌우로 크게 돌렸다.

"……!"

과연 있었다. 좌측방 40미터의 산 위에서 20여 명의 북한군이 중과부적(衆寡不敵) 때문에 덤비지 못하고서 우리를 내려다보고 있었다. 북한군의 감시로 인해서 등짝에 오싹한 소름을 느끼면서 지나치고 있는데

"후다다닥—!"

대열의 선두가 되돌아 달려오고 그 뒤를 북한군이 쫓으면서

따르……따르르……따르르—!

총격을 가하고 있었다. 그러자 지켜보던 북한군마저 합세해서

딱꿍—딱꿍—딱꿍—탕……!

협공해왔다. 퇴로는 되돌아서서 좌측방뿐이다.

"빨리—빨리—!"

질타하면서 몰고 가는데 앞서가던 병사가 옆으로 빠지면서 털썩 주저앉아 버렸다. 분명히 총격을 입은 것도 아닌데 더 이상 달아나기를 포기한 것이다.

"일어나라! 일어서 —!"

소리치지만 되려 떼를 쓰듯이 바위에 기대서 팔을 늘어뜨리고 양다리를 쭉 뻗어버리고 눈은 허공을 보면서 완전히 사파세계(娑婆世界)를 체념한 모양새다. 이밖에도 뿔뿔이 흩어져가는 대원들을 보면서 속수무책이었다.

따르……따르—따르…!

집요한 추격에 몰려서 당도한 산정이 엎친 데 덮친 격으로 깎아지른 절벽으로 가로막혀 있었다. 이번에는 이판사판도 통하지 않는 높이인데 또다시 산기슭에서 투항권고의 고함소리가 들려오고 있었다. 마냥 생명은 보장한다지만 믿을게 못되고 그보다는 뒤쫓고 있는 쪽이 급선무였

다.

절벽을 살폈다. 5미터 밑에 밖으로 숙여서 위태롭긴 하지만 한 사람은 간신히 발을 딛고 설 수 있는 바위가 돌출되어 있었다. 이하는 차후 문제다.

"멜빵을 풀어라!"

소총에서 풀어낸 멜빵을 연결하고 한 사람씩 조심스럽게 내려 보낸 다음 내가 마지막으로 내려서 위를 쳐다보았다. 힘이 있어 보여서 선발된 병사가 멜빵이 연결된 Mi을 들고 당황하는 눈으로 내려다보고 있었다. 밑에서 떠받혀 줄 형편도 아니다.

"……!"

"……!"

더 이상 정시할 수가 없어서 거수경례를 붙이고 돌아설 수밖에 없었다. 하산을 마치고 모인 인원은 대위를 비롯한 9명이었다. 그중에 본대의 중사는 없었다.

(퇴로인 오마치 고개를 차단당한 3사단은 오늘 3시 30분을 기해서 현리 일대 8킬로미터에 달하는 도로상에 늘어선 차량과 각종 중화기를 파괴, 소각하고 퇴각하기에 이른다)

4일째(19일)

한밤중에 보슬비가 내렸으나 비를 가려줄 지형지물과 장비도 없었던 탓에 온몸을 흠뻑 적셔가면서 밤을 지새웠는데 희뿌옇게 동트는 지금이 하루 중 가장 춥다. 이를 악물고

덜‧‧‧‧‧‧‧‧‧‧‧‧!

일부러 호들갑을 떨면서 체열 상승을 기하지만 자칫 헛바닥을 물어버릴 지경이었다. 사시나무 떨듯 하면서 마주보는 서로의 인상이 험상궂다. 핏발이 선 눈은 푹 꺼지고 광대뼈는 툭 불거지고 입술은 하얗게 말라붙어서 갈라진데다가 비까지 맞아서 생쥐 꼴이다.

한겨울 같은 이 추위는 굶주림 때문에 더 하는 것 같았다. 굶주림 앞에서는 체면 따위는 없었다. 쫑쫑 뛰면서 혹시라도 해서 이곳저곳에서 먹거리를 찾지만 허탕이었다.

지천으로 깔려있는 도토리는 벌레가 먹어서 속이 새까맣게 썩어버린 빈 껍질 뿐이었다. 5월의 고산지대에는 뱀도 없었다. 풀이 죽어서 일행이 모인 물가에 되돌아오자 대위를 비롯한 3명이 미숫가루를 마시고 있었다. 비록 멀젖기는 해도 그 냄새가 엄청나게 구수해서 코를 자극하는 바람에 오장육부를 교란시켰다. 한데도

"우리 먹소."

도 않고 힐긋 곁눈질해가면서 완전히 안면몰수였다. 바로 어제

"우리 같이 지휘합시다!"

하던 때와는 딴판이었다. 나는 의연하려고 보고도 못 본 채 먼 산을 바라보지만 미숫가루의 강력한 냄새가 입안에 침을 가득히 고이게 하는 바람에

꿀꺽―!

소리 나게 침을 삼키고 말았다. 의지를 배신한 본능 탓이지만 크게 민망스러워서 얼굴이 붉어지고 말았다.

5일째(20일)

사방이 산에 둘러싸여서 하늘 밖에 보이지 않았지만 오랜만에 나무꾼들의 발길에 다져진 오솔길이 나타났었다. 민가가 가까워졌다는 증거이다. 산중에는 피아의 전단(傳單)이 살포되어 있었다.

"용영(勇英)한 우리…"

로 시작된 북한군의 것과

"자유냐 주검이냐…"

를 서두로 한 우리 측의 전단에는 정일권 육군총참모장의 전투모 차림의 사진이 게재되어 있었다. 나는 삐라를 보면서 이것이 건빵이었거나 아니라면 격려문이었으면 얼마나 좋았을까 하고 엉뚱한 생각을 해봤다. 작년에 낙동강까지 밀렸던 철수작전 중에는 미군의 전투식량 공중투하가 있었다. 그 일부가 북한군의 손에 들어가긴 했어도 보급이 끊겨있던 장병들에게 크게 기여한 사실을 간과해서는 안 된다. 그러나 유례를 찾아볼 수 없을 만큼 많은 장병이 적 후방에 흩어져서 천신만고의 기아선상에서 사투를 벌이고 있는 마당에 그와 같은 배려의 흔적은 찾아볼 수가 없었다.

굶주림에서 오는 고통은 본격화되고 그로 인해서 행군 진척은 부진했었다. 탈주에 대한 일념으로 묵묵히 걷고는 있지만 기력은 소진되고 갖가지 먹거리가 눈앞에서 아른거렸다. 이 피나는 탈주를 위한 원동력은 인간이 만들어낸 이념 보다는 '고향산천', '부모형제 처자식' 등의 원초적인 소망과 귀소본능인 것 같았다.

신은 믿으면 존재하고 믿지 않으면 없는 것은 뻔한 이치이지만 그 신의 '구하라 그러면 얻으리'는 빈말이 아니었다. 꿈인지 생시인지를 꼬집고 확인하고 싶은 기적이 일어난 것이다. 오솔길의 한복판에 커다란 주먹밥 한 덩어리가 떨어져 있었던 것이다.

"!!"

흥분 때문에 벌벌 떨리는 손으로 줍고 허겁지겁 입으로 가져가는데 어느 사이에 나타난 중위가 말없이 손바닥을 내밀고 있었다. 잠시 망설이지 않을 수 없었다. 비록 멀겋기는 해도 어제까지 미숫가루를 마셨던 터에 게다가 그때마다 나를 어떻게 대접했드랬는데 하는 생각이 스쳤지만 서둘지 않으면 뒤따르고 있는 대원들에게 들킬 판국이어서 군홧발에 밟혀서 납작해지면서 흙이 더 많이 묻어있는 쪽으로 약간 떼 주고는 나머지를 입에 쑤셔 넣다시피 먹기 시작했다. 너무 급하게 먹은 바람에 목이 메어서 가슴팍을 주먹으로 후려치는데 숲 속에서 와자지껄한 웃음소리가 들리면서 북한군이 다가오고 있었다. 정신없이 먹다가 큰 실수를 저지르고 만 것이다. 중위는 나타날 때처럼 어느 틈에 사라지고 나만 홀로 휑하게 터진 공간에 남겨져 있는 것이다. 바로 저만치에 우거진 숲이 있지만 그곳에 이르기 전에 사살될 것이 분명했다.

궁지통(窮之通)으로 서있는 바로 앞에 덤불에 덮인 키가 작은 나무가 있었다. 몸을 숨기기에는 턱도 없이 미흡했지만 이밖에 방도가 없었다. 인명은 재천인 즉 운은 하늘에 맡기고 길의 반대편에서 나무에 얽힌 덤불 속으로 끼어들어갔다. 그러나 덤불의 용적과 면적이 생각보다 작고 엉성했다. 어쩔 수 없이 온몸 안의 삼천매듭을 가슴께로 끌어 모으면서 자궁 속의 태아처럼 잔뜩 웅크리고도 노출되는 부분은 어릴 때의 숨바꼭질마냥 눈을 찔끔 감고서 묵살해버리는 것으로 대신했다. 그리고 숨을 끊고(아니면 죽는다는 징크스가 있음)는

"하느님—!"

육장 다급할 때마다 찾는 토속신에게 간절히 기원하면

서 생·사가 판가름 나는 찰나(팽팽히 담겨진 명주실이 칼로 잘리는 순간)를 기다리는데 그야말로 일각이 여삼추(如三秋)였다. 이때

"거기서 뭐해?"

한마디면 황천행이다. 북한군의 시선이 이쪽으로 쏠리기만 해도 노출된 부분이 워낙 많아서 들통 날 판국이었다.

"이것으로 끝장이다…!"

하고 3분의 2쯤 체념하고 있었는데 떠들썩한 목소리와 발자국 소리가 지나가고 있었다.

"후유―!"

징크스 때문에 참았던 숨을 내쉬는데 하마터면 휘파람 소리가 되어서 울려 퍼질 뻔 했다.

(오늘 16:00 경 22연대(본대)가 수습한 병력은 총 719명이었음)

6일째 (21일)

"봄이 오는 아리랑 고개ㅡ!"

지게에 보급품을 잔뜩 짊어진 북한군의 노무자들이 앞뒤에 호위를 받아가면서 산을 오르고 있었다. 이를 보고,

"습격하자ㅡ!"

중위가 카ㅡ빈을 장전하면서 뛰쳐나갈 기세로 말했다.

"안 돼ㅡ!"

내가 황급히 그 앞을 가로막으면서 말을 이었다.

"입에 들어가기 전에 죽어ㅡ!"

눈을 부라리자 중위는 단번에 수그러졌다. 그런데 중위를 노려보다가 깜짝 놀랐다. 눈동자가 초점을 잃고 부유(浮遊)하고 있었기 때문이었다. 이때 중위의 등 뒤에서 대위가 손가락으로 동그라미를 그리고 있었다. 대위는 벌써부터 알고 있었던 것이다. 은밀하고 때로는 임기응변과 신

속을 기해야하는 적 후방에서 난감한 문제가 발생한 것이다.

퍼뜩, 함경북도의 길주에서 남행 중인 군용열차가 떠올랐다. 화물칸에는 두 명의 여자들과 10여명의 군인들이 동승하고 있었는데 그중에 미쳐버린 헌병이 타고 있었다. 전시에 흔한 아니면 전시기에 일괄호칭되는 것일지도 모를 '전쟁공포증' 환자였다. 동행인도 없이 언제 어떻게 탑승했는지도 알 길이 없었으나 지금 모두를 구석에 몰아놓고 카―빈 소총을 겨누고 있는 것이다.

"담배 피우시겠습니까?"

소총을 빼앗긴 병사가 한겨울인데도 비지땀을 흘려가면서 접근을 시도하지만 어림없었다.

"싫어―!"

총구를 가슴에 향했다. 미쳐버리긴 했어도 의외로 빈틈이 없었다. 카―빈은 연발이 가능한 M2였다. 만에 하나 헌병이 발작을 일으킨다면 피신할 수도 없는 화물칸에서 몰살이다. 모두가 소총을 빼앗긴 병사를 원망하고 눈짓으로 몰아세우고 있었다.

"건빵이 있는 뎁쇼?"

해도 소용이 없었다. 숨 막히는 공포감 때문에 여인들이 동요하자,

"아쭈 배추(여자) 소리가 난다!"

히죽거리지만 그 속을 읽을 수 없는 눈이 소름을 끼치게 했었다.

꽤―액!!

칙칙폭폭 칙칙폭폭 칙칙폭폭!!

공포에 도가니가 된 화물칸을 달고 증기기관차가 레일에 모래를 깔면서 눈이 덮인 어둠 속을 치닫고 었었다.

"장군님! 이게 스위스제 18금 인뎁쇼!?"

손목시계를 두 손으로 떠받히자

"어?"

약간 동요하는 순간에 비호처럼 달려들어서 제압하지만 무술을 익힌 헌병의 저항이 만만치가 않았다. 여기서 패하면 떼죽음이어서 모두가 합세해서 겨우 제압했다. 진땀을 빼게 한 위기 일발이었던 것이다. 소총을 가진 미친 사람이긴 중위도 마찬가지다. 언제 발작을 일으켜서 낭패를 가져올지 모르는 시한폭탄이다. 그러나 아직까지 무탈한데다가 소속이 같은 대위가 비호하고 있었다.

부잣집 도령 같은 인상을 주는 중위가 불쌍했다. 그가 극한상황에서 적응치 못하는 까닭은 출신성분 때문인 것 같았기 때문이다.

7일째_(22일)

현재의 위치는 물론 그동안의 행군거리도 모르는 상태지만 오늘 낮 11시께 처음으로 간선도로를 본다. 동해안에 있는 유일한 국도지만 산간에 짧게 노출된 상태여서 역시 위치 확인에 도움이 되지 못했다. 비포장이었는데 연합군의 공습을 의식한 북한군의 트럭이 가끔 전속질주하고 있었다.

결국 가까운 위, 아래에 적정을 둔 상태에서 산허리를 가로질러서 행군 중인데 앞서가던 대원이 뭔가를 바지 호주머니에 집어넣으려고 안간힘을 쓰고 있었다. 주머니가 밖으로 불룩한 미제 작업복인데도 쉽게 들어가지 않는 것이다.

"내놔—!"

명령에 어쩔 수 없이 꺼내놓았다. 군용양말에 쌀이 들

어있었다. 앞서간 아군이 짐을 덜기 위해서 버리고 간 것이다. 빼앗긴 병사에게는 미안하지만 엄청난 수확이었다. 의논 끝에 위험을 무릅쓰고 밥을 짓기로 했었다. 상하 좌우에 보초를 세우고 그 한가운데서 목숨을 건 취사가 시작되었다. 철모 두 개에 쌀을 안치고 불을 지폈다. 땔감에 습기가 있어서 취사병이 땀에 범벅이 되어가면서 훅훅 불지만 피어오르는 연기는 어쩔 수가 없었다. 고함소리가 들리는 산정에 적정이 있지만 먹기 위해서 목숨을 걸고 있는 것이다. 뚜껑이 없는 철모에서 밥이 부글거리기 시작하자 그 냄새가 천하일품이었다. 향수 어린 냄새가 진동하기 시작하자 오장육부까지 뒤집히는데 네 귀퉁이에 세워놓은 보초병들의 시선이 경계는커녕 밥 짓는 데만 집중하고 있었다. 목구멍이 포도청이어서 지금 북한군이 나타난다 해도 물러설 것 같지가 않았다. 총기를 잃어버린 병사들도 몽당 수저(당시 유행)는 가지고 있었다. 급기야 식사가 시작되었다.

불가피 보초도 철수시키고 아직까지 부글거리고 있는 설익은 죽밥을 4 대 5로 나누어서 먹기 시작했었다 라기보다는 전투가 벌어졌다. 모두가 한입이라도 더 빨리 먹으려고 필사적이지만 너무 뜨거워서 훅훅 불어가면서 식혀야 했다. 나는 남들보다 더 큰 미제 스푼으로 푹 퍼낸 다음 입김으로 불기를 생략하고 단번에

꿀꺽―!

삼켰다. 100℃로 들끓고 있는 죽밥이다. 입안과 목구멍에 화상을 입히고 위장을 지글지글 지졌다.

펄쩍―!

메뚜기처럼 뛰어오를 고통을 꾹 참는데

쭈르………!

눈물에다 콧물까지 한꺼번에 흘러내렸다. 그러나 만난을 극복하고 한입이라도 더 먹는 게 급선무였다. 두 번째에도 이루어 말할 수 없는 고통이 뒤따랐지만 굳이 말하자면 좀 누그러진 감이 없지 않았다. 세 번째부터는 화상 때문에 감각이 마비되어서 퍼먹기에 가속이 붙었다. 모두가 다 필사적이었지만 당연 그중 으뜸은 나였다. 미각 따위는 아예 있지도 않았다.

7일만의 급식이었다. 흡족하지는 않았지만 기운이 돌고 용기까지 솟았다. 한결 가벼워진 발걸음으로 행군을 계속하게 되었다.

산의 중간을 옆으로 횡단 중이어서 기복이 심했다. 네 번째의 둔덕을 넘고 다음의 둔덕 사이에 흐르는 작은 계류(溪流)를 건너기 위해서 척후병이 바위에 손을 짚고 엉거주춤 상체를 일으키는 순간

"누구얏―!"

수하와 동시에 북한군이

따르………따르— 탕…!

사격하면서 달려들었다. 우리들은 숲이 우거진 산 위를 향해서 뛰었다. 나는 몰려다니는 게 불리하다고 판단되어 도중에 쓰러져 있는 고목 밑으로 기어들고는 온몸을 낙엽으로 덮어버렸다. 그리고 밖의 동정에 귀를 바짝 세웠다.

탕………탕……………따르—!

산 위에서도 가세하고 있었다.

"잡았다—!"

딱꿍—딱꿍—!

있어서는 안 되는 총성이 들려오고 있었다.

따르……따르……! 탕……!

"여기 있다!"

탕— 탕—!

확인사격을 가하고 있는 것이다. 8명 모두가 사살되었을 즈음에야 총성이 멎었다. 북한군에게 발각된 지점은 취사장이었고 대위를 비롯한 전우들이 몰려간 곳은 능선을 따라서 참호진지가 일선배치되고 있었던 것이다. 결국 천신만고 끝에 막다른 호구(虎口)에 제 발로 찾아 들었던 것이다.

압축된 적진 중의 한복판에 혼자서 남겨진 것이다. 절체절명의 절망감에 빠져들면서 먼저 간 전우들이 가엾다가도 부러웠다. 자포자기의 심정으로 눈을 감자 그동안 쌓였던 피로가 몰려오면서 수렁 같은 잠에 빠져들고 말았다.

(이날(22일)을 기해서 제3사단은 제1군단에 배속 전환된다)

8일째 (23일)

오늘은 밤 10시가 넘어서야 하현달이 떠올랐다. 나는 벌써부터 일어나 있었다. 그 사이에 재개될 유사시를 위해서 주위를 대충 정찰해둔 것이다. 숨어있는 고목의 위치는 북한군의 취사장이 있는 계류와 능선을 따라서 일선배치된 참호진지와의 중간지점에 있었고 산정으로 향하는 둔덕의 능선에서 약간 옆으로 비켜난 위치였다.

취사장에서는 식통(食筒)이 부딪히는 소리가, 능선의 참호에서는 고함소리가 들리는 거리였다. 그리고 지금은 보이지 않지만 산기슭에 펼쳐진 들판에는 간선도로가 있었고 북쪽으로는 그동안 지나온 경위대로 적정의 중첩이어서 그야말로 진퇴양난 절체절명의 위기였다.

그렇다고 속수무책으로 이대로 있으면 체력소진으로 기동도 못하게 되면서 굶어 죽어가는 고통을 겪게 될 것이었다. 어제 먹었던 죽밥의 효과는 간데없고 그로 인해서 자극받은 식탐이 한층 기갈을 더 했었다. 죽어버리면 그만이지만 그러기에는 아직도 이승의 미련과 죽음에 대한 공포가 남아 있었다.

참호가 있는 산 위쪽이 궁금해서 소나무와 잡목이 우거져 있는 사이를 30여 미터께 오르다가 깜짝 놀라면서 우뚝 섰다. 벌목(伐木)된 공간에 분묘가 있고 그 잔디 위에 아군 병사가 한 명 엎드려 있었기 때문이었다. 거리는 20미터.

"???"

부상병 같기도 해서 급히 다가서려는데 병사가 갑자기 눈짓하고 낮은 목소리로

"빨리 피하라"

하고 주위에 있는 위기상황을 알려주고 있는 것 같았다. 급히 되돌아왔다. 낙엽을 깔고 덮고 있지만 몹시 춥고 배가 고팠다. 처음으로 투항을 심각하게 검토하고 있었다. 어제 생생하게 겪었듯이 북한군에게 투항하는 것은 곧 죽음을 의미하는 것이다. 죽기는 싫고 무섭다. 그러나 북한군이 이대로 이동해가지 않는다면 이미 한계에 달하고 있는 체력소진으로 어차피 죽어갈 수밖에 없었다. 그럴 바에는 북한군의 총에 즉사하는 편이 나을 것 같았다. 게다가 북한군도 사람일진대 최후의 소원인 '주먹밥 하나' 쯤은 들

어주지 않겠나 하는 일말의 가능성도 있었다.

생각이 여기까지 미치자 가슴이 뜨겁게 메어져왔다. 이를 악물어도 어쩔 수 없었다. 끝내 어린이처럼 딸꾹질까지 해가면서 실컷 울었다. 그러자 모처럼 가슴이 후련해진 것 같았다. 범벅이 된 눈물방울 속에 아련한 주마등이 스쳐가고 있었다.

갯벌 내음이 바람에 실려 오는 오두막집에는 겹친 흉년 때문에 부황(浮黃, 심한 영양실조로 인해서 얼굴이 누렇게 부어오르는 증세)들은 부친과 동생이 보였고, 남들처럼 조국과 민족을 위한 것도 아니고 단지 식구(食口)를 덜기 위해서 열여섯의 나이로 병대(조선국방경비대)에 들어가게 된 장남을 전송하고 있는 모친이 선창가에서 손을 흔들고 있었다.

"몸 조심하거라잉—!"

그 목소리가 너무나 생생해서 번쩍 제정신으로 돌아왔다.

9일째 (24일)

조각달이 밝히고 있었다. 의문의 병사는 여전히 제자리에서 이쪽을 보고 있던 자세 그대로 엎드려 있었다. 죽은 것 같기도 한데 여전히 눈짓하고 중얼거리고 있었다.

번뜩,

오대산에서 있었던 일이 떠올랐다. 엄청나게 높은 산인 줄로 알았더니 굽이굽이 오르다가 선뜻 눈앞에 나타난 작은 봉오리가 정상이었다. 야간행군 중이었다. 걸으면서 잠들다가 실족사하는 경우도 있어서 초긴장 속에서 행군은 계속되고 있었고, 눈이 쌓여서 꽁꽁 얼어붙은 정상에서 잠시 휴식을 취하다가 출발하는데 대원 중의 한 명이 잠들어버려서 움직이질 않는다.

"출발이야—!"

다가가서 소리쳐도 꼼짝도 하지 않는다.

"출발이다!"

재차 호통 치면서 사타구니에 숙인 고개를 들여다보는
데 그제야 송장 특유의 썰렁한 찬바람이 감돌았다. 본대
소속도 아니고 앞서간 부대의 낙오병이었다. 졸다가 얼어
죽을 것이다. 동사과정은 안락사와 같다고 한다. 아무런
고통도 없이 아늑하게 잠에 빠져들어가는 과정 밖에 없다
고 한다. 병사는 피곤이 계기가 되어서 그렇게 죽어간 것
이다. 부대는 내리막에 사라져버리고 달빛이 교교한 산정
에서 유령과 단둘이었다. 그제야 겁이 덜컥 나면서 달아나
는데 유령의 혼백이 머리끄덩이를 잡아당기는 것 같아서
경상도 말로 식겁 먹었다.

신경과민 탓인지 섬뜩했지만 용기를 내서 접근해 가는
데 또다시 눈짓하고 어물어물 속삭이고 있었다.

"미쳤나!"

나도 모르게 호통치면서 바짝 다가서자

윙—!

입과 눈에서 왕파리 떼가 날아올랐다.

"…!!"

그제야 송장 썩은 냄새가 발산되고 오싹 소름이 끼쳤
지만 물러서기 이전에 볼일이 남아 있었다. 병사의 허리에
찬 가죽으로 된 잭이 있었기 때문이다. 몇 통의 편지와 병

사의 모친인 듯한 중년 여인의 사진 한 장이 나왔을 뿐. 찾고 있는 식량은 없었다. 실망과 동시에 모골이 쭈뼛 하늘로 곤두서는 공포감에 쫓겨서 고목 밑으로 되돌아왔었다.

살기 위해서는 먹어야 했다. 먹기 위해서는 식량이 있어야 했다. 식량에 대한 궁리가 날개 돋친 듯 뻗어나갔다. 독일군에게 포위된 레닌그라드의 소련군과 시민들. 남양군도에서 고립 분산된 일본군들이 떠올랐다. 굶어 죽어가는 한편에서 기름기가 번들번들한 생존자가 있었다고 한다. 이밖에도 인류의 역사 속에서는 식인풍습이 있어왔다. 그러나 송장을 먹는 것은 차원이 다르다. 사설을 길게 늘어놓은 이유는 분묘 위의 시체를 심각하게 검토 중에 있기 때문인 것이다. 지금 미쳐가고 있지 않나 하고 겁이 덜컥 나면서 주저되는 반면에, 모질지 않으면 죽는다는 절박감이 있었다. 약해지는 마음에 채찍질을 하면서 단단히 결심을 굳혔다. 칼이 없었기에 물어뜯을 작정으로 바짝 다가서는데

붕―!

또다시 파리 떼가 날아올랐다. 눈을 깜빡이고 말을 하던 정체다. 그러자 먼저보다 더 심한 악취가 진동하는 순간, 그제야 시체의 피부 밑에서 들끓고 있는 구더기에 생각이 미쳤다.

"미안! 미안!"

소리 내고 사과하면서 현장에서 이탈하였다.

알팍한 지낭을 쥐어짜고 있었다. 어떻게든 살아야겠다는 집념이다. 이번에는 1만 8천년을 살았다는 동방삭이 생각났었다. 과문한 기억력의 오식일지도 모르지만 그가 솔잎 생식을 했었다는 대목에 착안한 것이다.

왜 이제야 생각이 미쳤나 자책하면서 곧장 가까운 소나무에서 채집했었다. 바늘처럼 날카로운 끝부분을 앞니로 잘라내고 적당량을 입에 넣고 씹었다. 처음에 우러나오는 떫은 즙은 몇 번을 뱉어버리고 소가 되새김질 하듯이 꼭꼭 씹다가 꿀꺽 삼켰다.

"???"

아무리 생각을 해봐도 영양가는 둘째 치고 텅 빈 위장 속에 솔잎의 잔해가 들어가서 무사할 것 같지가 않았다. 몰모토로 대용하기에는 목숨은 하나뿐이어서 이것으로 솔잎 생식은 중단키로 했다.

이번에는 기적이었다. 신화에서 나오는 기적은 너무나 황당해서 믿을 게 못 되고(믿을 수만 있으면 독실한 신자가 되는 것이지만) 과학적이고 현실성이 있는 기적이어야 했다. '하늘이 무너져도 솟아날 구멍'이 있었던 지난날들을 떠올리고 있었다.

1948년 10월 여순반란사건의 와중이었다. 장교척후─소위와 1등병이 반란군들이 점령한 보성읍으로 들어서는 초입에 있는 삼거리에 잠입해서 적정을 정탐 중에 있었다. 1등병이 옆 골목을 살피기 위해서 집 모퉁이에서 목을 길게 뽑아서 내미는 찰나

"……!!"

"……?"

반란군들의 시선과 마주치고 말았다. 대치거리는 자그마치 15미터. 상대는 완전무장한 12명이었다.

"!!!"

모골이 곤두서고 하늘이 노래지면서 발목에서 김이 뭉게뭉게 나는 액체가 흐르는데,

"잘 오셨습니다!"

뜻밖에 반군 하사관이 손을 내밀었다. 소위와 1등병을 귀순병으로 오인한 것이다(이즈음 반군 쪽으로 이탈해가는 사례가 있었음).

"아! 수고들 하시요!"

소위가 넉살 좋게 받아넘겼다. 이렇게 해서 반군본부로 가는 도중이었다.

"인민공화국 만세─!"

보성초등학교에서 경찰서를 거쳐서 기차역으로 향하는 대로변에는 부화뇌동하는 군중들로 인산인해를 이루고

있었다.

"만세ㅡ! 인민공화국 만세ㅡ!"

함성이 가일층 드높여진 까닭은 소위와 1등병의 귀순 때문이었다. 이쯤되는 마당에 섣불리 처신하다가는 목이 달아날 판이어서,

"김치ㅡ!"

잇몸까지 드러내놓고 총대를 높이 치켜들지만 하늘은 옐로우 색깔이고 혼백은 반절가량 달아난 상태라서 제정신이 아니다.

"저 사람 경찰가족이요라우!"

반군에게 귀띔하고 있는 군중 속을 헤치고 경찰 관계 서류가 훨훨 불타고 있는 반군 본부에 들어서자

"고생이 많았제?"

반군이 1등병의 손목을 잡고 반겼다. 소위는 반군 본부 안으로 들어가고 1등병만 밖에 남겨져 있었다.

"워메! 으짜까잉! 신발이 왜 요모양이당가!"

반군이 1등병의 군화를 보고 가엾다는 듯이 쯧쯧 혀를 차더니

"후딱 가서 한 켤레 갖다 줄께!"

독백하면서 자리를 떴다. 반군들은 제주도 반란사건진압을 위해서 군장 일체를 특별히 신품으로 공급받았던 관계로 겨울용 예식복을 입고 있는 병사까지 있었다. 그리고

반란을 일으켰던 것이다.

"!⋯⋯‖⋯⋯!!!"

"?⋯⋯?⋯⋯⋯‖"

반군 본부에서 나온 소위와 1등병 사이에 오가는 눈짓 신호였다. 가슴은 방망이질 치지만 태연을 가장하고 어슬렁어슬렁 경찰서 돌담장을 끼고서 우물터를 돌아가는데

"어딜 가?"

한마디면 끝장이다. 공포와 긴장감으로 말미암아 멀쩡한 평지에서 헛발질을 해가면서 민가의 고샅에를 지나서 은폐는커녕 불쏘시개감도 없는 민둥산으로

"백구야! 날 살려라—!"

삼십육계 줄행랑치고 있지만

따르⋯⋯⋯⋯따르—탕⋯!

금시라고 총알이 날아와서 등짝에 벌집을 낼 것만 같은 예감 때문에 악몽 속처럼 허우적 허우적 손발이 제대로 말을 듣질 않는다.

여기는 서울사수를 위한 최후의 보루가 된 미아리 고개다. 그 좌익진이었던 아리랑 고개에서 통신두절 퇴로차단(한강대교 폭파) 주 방어진(미아리 고개) 붕괴 그리고 보병의 엄호도 없는 무원고립상태에서 보다 더 큰 85미리포를 장착한 탱크와 57미리 대전차포(對戰車砲) 2문이 사투

를 벌였다.

대치거리 200~250미터를 사이에 둔 직사포 대 직사포
다. 고로 일발필중이었다.

꽝!

칠흑의 어둠 속에서

번쩍―!

발포섬광으로 말미암아 대포와 탱크 그리고 병사들이
극광 받은 실루엣처럼 파랗게 부각되면서 피이의 위치가
노출되고 있었다. 고갯길에서 단발씩 이동 사격을 하던 제
2포는 그때마다 간발에 차이로 아슬아슬하게 위기를 모면
하면서 교전을 속행하고 있었지만 산중턱에 포가(砲架)를
묻고 고정배치되었던 제1포는 탱크의 직격탄에 의해서 초
전에 피격되어

"분대장님 머리가 빠개졌슈―!"

피투성이로 달려온 제1포의 탄약수로부터 김 중사의
장렬한 최후를 듣는다. 전세는 급전직하. 마지막 포탄이
장전되었을 때

"빨리 가라우!"

포탄수령 명령을 받고 이미 적후방이 되어버린 미아리
고개를 향해서 무아무중으로 치닫는다. 사위는 완전히 밝
아져 있었다. 신흥사(현 홍천사) 입구를 20미터 벗어났을
때

드르………드르…………!

전방에 T자로 가로놓인 도로를 북한군의 탱크가 시가지를 향해서 연달아 진입해가는 것을 보면서

우뚝―!

서는 순간 길 건너 보도에서

"앉아 쏴!"

자세를 취하고 있는 북한군을 본다. 장 중사가 가진 무기는 목에 건 쌍안경뿐이었다. 살아남기 위해서는 신흥사 입구까지의 20미터를 총알보다 더 빨리 뛰는 수밖에 없는 것이다. 훈련받은 지그재그 약진 따위 통하는 마당이 아니다.

"나무아미타불 관세음보살!"

이밖에 모르는 불경을 외우면서 쏜살같이 달렸다.

탕―!

하는 소리만 들리면 끝장인데 어찌된 영문인지 북한군이 쏘지 않았다. 그렇게 해서 또 살아났었는데 이번에는 압축된 적진의 한복판인 것이다. 공중으로 솟거나 땅속으로 기어가는 재주가 없는 이상 절체절명인 것이다.

10일째(25일)

굶어 죽어가는 과정을 상상하면서 체력에 한계가 온 것을 느낄 수 있었다. 더 이상 주저할 수 없었다. 묘하게 '주먹밥 하나'에 대한 집착도 있었다. 유일한 소망인 이 문제만 이루어진다면 여한이 덜어질 것 같았다.

땅바닥에 손을 짚고 남쪽 하늘을 향해서 고향요배(故鄕遙拜)를 마치고 투항하기로 마음을 굳혔다. 그리고 카—빈을 땅에 묻었다. 마음 한쪽에는 켕기는 마음이 있었지만 '사나이답지 못하다'고 자책하면서 벌떡 일어섰다. 그리고 온몸을 노출시키면서 참호가 있는 고지를 향했다.

어쩔 수 없이 모든 것을 체념했지만 맥박이 빨라지고 가슴이 쿵쾅거렸다. 아직도 공포감이 남아 있는 증표인 것이다. 그러나 이제는 돌이킬 수 없는 적전(敵前)이었다. 시각은 남중(태양이 가장 높은 때) 2백 미터에서 백 미터에 접근해가고 있었다. 공포보다 한계에 달한 체력 때문에 다리가 후들거리고 기진맥진이었다. 북한군은 이 같은 거동을 예의주시하고 있음인지 평소와는 달리 조용했었다. 참호와의 거리가 50미터가 되는 전방이었다. 이쯤에서 두 손을 번쩍 올릴까 하다가 우뚝 섰다. 총알이 날아오거나 북한군이 뛰쳐나올 시점인데 왠지 이상했다. 너무나 조용한 것이다.

"???"

분명히 아침까지 소란했던 참호다. 혹시나 하는 느낌이 들어서 급히 능선으로 뛰어올라갔다. 역시 참호마다 텅 비어있었다. 이동해간 것이다. 아침에 소란했던 이유다. 주검을 각오하면서 잔뜩 용썼던 긴장감이 일시에 빠져나가면서 맥이 풀렸다. 한편에서는 살아났다는 희열과 안도감도 있었다.

이렇게 된 이상, 급선무는 먹거리였다. 기대감에 차서 능선을 따라서 구축된 참호마다 뒤졌으나 수류탄이 두 발 나왔을 뿐, 허탕이었다. 실망한 나머지 땅바닥에 털썩 주저앉는데 바로 앞에 열다섯 알 정도 되는 마른 밥알이 떨어져있었다. 나는 왠지 그래야만 할 것 같아서 밥알맹이를 머리 위에 높이 떠받히고는 고개를 숙인 후에야 입에 넣고 씹었다. 그리고 삼켰지만 아무리 확대해석을 해봐도 체력유지에 도움이 될 것 같지가 않았다.

또다시 투항하게 되었던 동기가 압박해오면서 조바심이 났다. 한시바삐 민가를 찾아야만 했다. 투항은 미수에 그쳤지만 그로 인해서 알 수 없는 배짱이 생겨서 전신을 노출시켜 가면서 걷고 있었다. 그 바탕에 깔린 심리상태가 좀 복잡하고 구차해서 생략하기로 한다.

밤 12시가 넘어서야 그토록 갈구하던 민가를 찾아냈다. 기대감에 흥분하면서 다가섰지만 폐가였다. 북한군은 6·25 발발의 3개월 전인 3월부터 38선상 5킬로미터 안의 주민들을 소개시켰었다고 한다. 이 집도 그때쯤에서 빈집이 된 것이다.

부서진 창살만 앙상한 방문을 열고 들어서자 방바닥에 융단을 깐 듯이 푹신했다. 장판을 뚫고 풀이 돋아난 것이다. 어두운 방안을 장님처럼 두 손으로 더듬거리다가 부엌으로 통하는 쪽문을 미는데,

스르………!

마귀의 손바닥이 얼굴을 훑으면서 지나가고 있었다.

"익크—!"

기겁한 나머지 놈에 손을 뿌리치는데

"…?!"

몇 년을 두고 얽히고 쌓인 거미줄이었다. 놀란 가슴을 쓰다듬으면서 어둠에 차츰 익숙해진 눈으로 부엌 안을 살폈다. 별다른 세간도 없는 구석에 곡식 포대가 놓여있었으

나 그 겉 포대 자체가 삭아서 푸석거리는 데다가 콩인지 강냉인지를 분간할 수 없는 입자가 흙이 되어가고 있었다.

식량 찾기를 단념하고 달빛이 희뿌옇게 내리비치는 마루에서 새우잠을 잤다. 아까부터 계속해서 노출을 꺼리지 않는 이유는 잡혀도 그만이다 하는 심보가 깔려있기 때문인 것이다.

11일째 _(26일)

눈을 뜨면서 오늘 넘길 수 없다는 절박감에 쫓기고 있었다. 걷기가 힘들었다. 체력 소진으로 얼핏 술에 취한 놈팽이마냥 건들거리며 걷고 있었다. 몸은 천근같은데 무릎 관절이 탄력을 잃고 꺾이는 바람에 몇 번을 넘어지고 뒹굴었다. 생각다 못해 기운도 덜 들고 속도도 빨라지는 계류 타기를 착안했다. 물 위를 떠내려가는 게 아니고 얕은 강바닥에 낀 이끼와 수초에 미끄러져가는 것이다.

유속과 더불어 바깥 풍경이 이동해가고 있었다. 높이 솟은 봉우리들이 지구의 자전을 느끼게 하듯이 움직여가는 가운데 드디어 분묘들과 화전민의 밭이 보이기 시작하고 있었다. 민가가 가까워지고 있는 결정적인 증표인 것이다.

흥분을 느끼면서 이쯤에서 그만 뭍으로 나가볼까 하는

순간, 폭포가 나타났었다. 깜짝 놀라서 제동을 걸려고 하지만 이미 늦는다. 빨라지는 유속에 실려서

풍덩—!

6미터가 넘는 높이에서 물속으로 곤두박질쳤다. 다행히 헤엄은 칠 줄 알아서 무사했지만 물타기는 이것으로 끝냈다. 화전민의 손길이 간 비탈밭을 지나서 산모퉁이를 돌아가자 곧바로 정면의 산에 너와지붕의 외딴 오두막이 두채가 보였다. 통나무로 만들어진 굴뚝에서는 흰 연기가 피어오르고 있었다. 말할 수 없는 감동이었다. 망망대해를 표류하던 난파선의 선원처럼 땅에 입을 맞추고 싶은 충동을 억누르면서 민가의 앞마당에 들어서는데 한계에 달한 기력 때문에 비틀거렸다. 이 같은 광경을 하얀 수염의 촌로가 방문 앞에 앉아서 몹시 경계하는 눈초리로 지켜보고 있었다.

"할아버지! 먹을 것 주세요!"

마당 한가운데에 허물어지듯이 주저앉으면서 말했다.

"……"

노인은 목석(木石)처럼 무표정 무반응이었다.

"열하루를 굶었습니다!"

애걸하듯 말했다.

"열하루는 무슨……"

곧이곧대로 듣지 않는데다가 적의까지 엿보였다. 노인

은 내 존재를 완전히 무시하고 긴 담뱃대를 거만스럽게 쪽
쪽 빨아댔다. 갓 배설한 분뇨라도 먹을 만큼 굶주린 상태
인데

"콜록! 콜록!"

기침을 하더니 마지못해서

"얘야, 먹을 것이 있으면 갖다 줘라."

한참 만에 생각난 듯이 부엌을 향해서 말했다.

급기야 잔뜩 기대한 밥상이 나왔다. 집어던지다시피
사납게 부엌 바닥에 놓인 밥상에는 강냉이를 거칠게 분쇄
한 화전민의 밥이 그릇의 밑바닥에 엷게 깔려 있고 산채나
물이 젓가락으로 두 번을 집을 것도 없는 양으로 목기에 달
랑 하나 담겨져 있었다. 여기는 치외법권이다. 그나마 감
지덕지 먹다가 밥은 가망이 없을 것 같아서 나물을 추가로
요청했지만 여인의 눈꼬리가 치켜 올라가는 것을 확인하
는데 그쳤다.

식사를 끝내고 물을 마시는데 노인의 아들인 듯한 중
년이 나타나서

"장교죠?"

엉뚱한 질문을 했다. 줄곧 따라다니는 오해다.

"아니요! 신병이요!"

깜짝 놀라는 시늉을 하지만

"뭘! 장곤데!"

단언해버렸다. 그리고는

"지금 이 동네는 인민군 야전병원이요, 먹었으면 빨리 나가시오!"

험상궂은 얼굴로 돌변하더니 몰아세웠다. 하지만 식량을 얻지 못하고는 물러설 수가 없었다. 아니면 곧 죽음이니까.

"이거 받으시고 아무거나 주세요!"

미제 팬티의 실밥 사이에 난 비창(秘倉)에서 지폐를 한 움큼 꺼내놓고 애원하듯이 말했다. 1등 상사의 월급이 3만 6천백 환이어서 꼬박꼬박 챙겨두었던 피나는 돈이다. 3만환이면 군에서 징발하는 황소 한 마리 값인데 지금 내놓은 돈은 4만환이 넘는다.

"흥! 그 돈 어디다 쓰게?"

부자(父子)가 냉담했었다. 이때 윗집의 부인이 떡 바구니를 이고 지나가고 있었다.

"하나만 주세요!"

체면불구하고 두 손을 받쳤지만 거들떠보지도 않고 지나가버렸다. 그러자,

"이봐요 국군! 인민군 사위 주려고 가는 이바질 주겠소?"

노인이 빈정댔다. 계속되는 모멸감에 귀뿌리까지 빨개지고 있었지만 참는 수밖에 없었다. 이러지도 저러지도 못

하는 낭패인데

"인민군이 와요!"

아낙네가 발을 동동 구른다.

무장한 두 명의 북한군이 이쪽을 향해서 올라오고 있었다.

"이거 가지고 빨리 나가요!"

삶았는지 물에 불렸는지 분간할 수 없는 강냉이가 나무바가지에 깔렸는데 두 홉도 못 되는 양을 주면서 쫓는다. 집 밖으로 나가서 인민군이 오고 있는 쪽과 반대로 피하려면 지붕 위로 펼쳐진 민둥산에 노출되어야 하므로 그럴 수도 없거니와 마당 밖의 뒷칸은 내부가 텅 비어있어서 숨을 곳이 못 되고 생각다 못해서 방안으로 들어가려니까 염병환자(이 지역에 만연 중이었음)가 있다고 막으면서

"빨리— 빨리—!"

중년이 뒤따라 다니면서 성화인데 숨을 곳이 없었다. 투항을 결행하면서 카—빈은 땅에 묻어버렸기 때문에 자위수단도 없었다. 어쩔 수 없어서 중년의 반대에도 불구하고 부엌에 쌓아놓은 불쏘시개 덤불 안으로 기어들어가서 몸을 가렸다. 국군에게 식사와 식량을 제공하고 불고지죄(不告知罪)까지 범한 이 집 식구들도 더는 말리지 않았다.

다행히 올라오던 인민군이 발길을 돌려서 무사히 넘겼다. 나는 두 홉도 못 되는 강냉이를 호주머니에 넣고 뒷산

으로 숨어들었다.

　(쫓겼던 동네는 인제군 기린면 진동리 진흙동이었는데 다섯 명의 국군을 숨겨주고 있었던 우익 유지가 다음날 나를 찾기 위해서 나물꾼을 가장한 부인들을 동원해서 뒷산에 풀었지만 그 같은 사정을 몰랐던 나는 부인들의 눈을 피하노라고 결사적이었다.)

　(3군단 해체)

12일째_(27일)

진흙동의 뒷산에서 밤을 새웠다. 캄캄한 초저녁부터 보슬비가 내려서 흠뻑 젖는데 은신할 지형지물도 없었다. 나뭇가지를 모아서 가렸지만 그로 인해서 되려 굵은 빗방울을 맞는 셈이었다. 뼛속까지 스며드는 추위 때문에 벌벌 떨면서도 귀중한 강냉이를 다 먹어치웠다. 비축해두려고 시도했었지만 워낙 양이 적은데다가 그동안 굶주려온 식욕을 억제할 수가 없었다.

체력의 한계에서 오는 고통과 절망 속에서도 원대복귀를 위한 집념 때문에 이를 악물고 행군은 계속되고 있었다.

(미 제2사단 인제 현리 점령)

13일째 (28일)

토분(土墳)에 기대서 잠들었다. 묘지에서 잠들면 발광한다는 속설(俗說)이 있지만 왠지 수호신 같은 신뢰감을 주면서 마음을 편안하게 하는 기운이 있었다.

아침이 되면서 습관적으로 먹거리를 찾는데 활처럼 휘어진 나무가 눈에 띄었다. 억지로 만들어진 모양새가 짐승을 잡기 위한 덫이 분명했다. 그렇다면 그 끝에 미끼가 있을 것이었다. 덫의 위험은 익히 알고 있었다. 시골에서 나무를 채집하러 가서 바위에 낀 고구마를 주워 먹으려다가 죽을 뻔 한 적이 있었기 때문이다. 자칫 실수하면 거꾸로 매달릴 위험을 불사하고 미끼를 찾았으나 그나마 허탕이었다.

헌데, 나뭇가지에 닭처럼 생긴 커다란 새가 앉아 있었다. 이럴 때만은 신앙심이 돈독해져서 하늘이 주는 은총이다 싶어서 간절한 믿음을 담아서 힘껏 던졌으나 실패였다.

　푸드득—!

　새는 아주 멀리 날아가고 말았다. 어제 먹었던 강냉이는 나름대로 영향보충이 되었겠지만 반면에 허기를 자극 내지 촉진하는 역할까지 도맡아서 괴롭히고 있었다. 한시 바삐 또다시 민가를 찾아야만 했다. 마음은 조급하지만 기력은 탈진되어서 오르막에서는 쉬엄쉬엄 기다시피 걸었지만 문제는 내리막이었다. 가파른 산비탈에서 일어서자 갑자기 1m 72cm에 키가 전봇대가 된 것 같아서 현기증이 났었다. 긴장하고 조심스럽게 발을 내딛는데 무릎관절이 꺾이는 바람에 유도의 업어치기처럼 냅다 던져져서 날아가는데 위에서 밑으로 4미터는 족히 나가떨어져서 눈에서 불꽃이 일고 정신이 얼얼했다. 이대로는 안 되겠다 싶어서 이번에는 엉덩이를 깔고 미끄러져 내려가는데 바지가 닳고 찢어져서 살갗이 칼로 벤 것처럼 깊은 상처가 났었다. 출혈이 심해서 풀로는 감당할 수가 없었기 때문에 흙으로 지혈하면서 걷다가 물줄기를 만나서 갈증과 허기를 채웠다.

　안개도 걷이고 밤이 되기를 기다렸다.

14일째(29일)

　　가파른 산세의 위험을 피해서 야간행군은 중단하기로 하고 날이 밝기를 기다렸다. 중천이 되어가는 햇살과 더불어 안개가 산기슭을 가려가고 있었다. 그 짙은 안개 속에서 천신만고 산을 하나 넘는다. 그리고 양지바른 쪽에서 추위 때문에 모자랐던 잠을 채우고 눈을 뜨자 오후(5시)가 되어 있었다.

　　사위는 높지는 않았지만 첩첩산중인데 적정의 기척도 화전민의 흔적도 없었다. 더럭 겁이 났다. 여기서 주저앉으면 산중고혼(山中孤魂)이 될 것이었다. 벌떡 일어서서 너덜너덜 찢긴 바지에서 맨살을 드러내면서 이를 악물고 쉬지 않고 걸었다. 이것은 기력으로 걷는 게 아니고 오로지 살겠다는 의지와 집념으로 걷고 있는 것이다. 넘어지면 한동안 그대로 누웠다가 일어났었다. 가끔 주저앉아서 무륜 사이에 고개를 떨구면 살아있는 인간의 체취가 아니었다.

해 질 녘에 기진맥진 상태에서 드디어 민가를 찾아냈다. 만신창이가 되어 비틀거리면서 마당에 들어서는데 중년 부인이 지켜보다가

"젊은 사람들이…!"

쯧쯧, 혀를 차면서 가엽다는 표정을 짓자 어쩐지 어머님을 만난 듯해서 마루에 있는 기둥을 부여잡고 울음을 터뜨리고 말았다. 주책없이 콧물까지 흘려가면서 엉엉 실컷 울었다.

이집 주인들은 매우 친절했었다. 부인의 아들인 젊은이가 뒷방으로 안내해주고 요청하지도 않았는데 곧장 밥상을 들고 왔다. 역시 강냉이를 들들 분쇄한 화전민의 밥이었지만 오랜만에 맞이한 김이 나는 음식이었고 나물과 김치도 있었다.

청년은 다리가 불구였는데 모친을 닮아서 정이 많았다. 통성명을 한 다음에 양해를 구하고 벌렁 누워서 다리를 뻗었다. 오랜만에 장판 구들에 등을 붙이자 천국에 온 기분이었다. 이제는 더 이상 움직일 힘도 남아있지 않았다. 보다 움직이기가 싫었다. 청년이 옆에 앉아서 이야기를 계속하고 있었다. 자기는 불구여서 군대에 가지 않았지만 근동에 있는 젊은이들을 유격대를 조직해서 북한군과

싸우다가 모두 죽었다는 등등 이야기가 끝없이 장황했는데 그중에 정신을 번쩍 들게 하는 소식이 있었다. 남쪽에서 포성이 다가오고 있다는 것이다.

"대한민국 만세―!"

벌떡 일어서서 외쳤다. 벅차오른 감격에 목이 메어서 헷갈리는데 청년이 속도 모르고 어이없는 양 쳐다보고 있었다.

15일째 (30일)

　　그동안 굶주려온 이야기를 듣던 아주머니가 산에서 풀을 뜯어왔었다. 그리고는

　　"이것을 먹고 물을 마셨으면 배가 불렀을 터인데……!"

　　하면서 안타까워했다. 물가에서 자란 듯한 풀을 보면서 군의 생존훈련의 필요성을 절감했다.

　　"뭐가 제일 필요합니까?"

　　이야기 도중에 물었다. 소금이라는 대답이었다. 소금만 있으면 초근목피(草根木皮)로도 연명할 수가 있는데 전쟁 때문에 유통되지 않고 있다는 것이다(배은망덕자가 40년이 가까워진 어느 날 소금 한 포대와 담배 한 보루를 가지고 찾아갔으나 집터 자국만 남겨져 있었다).

　　이 집에도 염병환자가 있다고 했다. 사실일 수도 있지만 전화 속에서 젊은 여인들의 보호책 같았다. 사실 여부

와는 상관없이 조금은 도움을 주고 싶었다. 가지고 있는
돈의 일부를 내놓고 쌀을 구하도록 했었다.

오후 2시.

쿵─쿵─쿵─!

산 너머에서 포성이 들리고,

슉…………!

지근탄(至近彈)으로 압축되어 오면서

꽝─!

지붕 너머의 텃밭에서 폭발했었다. 박격포탄이다. 그
탄흔(彈痕)에 뛰어들면서

"대한민국 만세─!"

목청이 터지라고 외쳤다. 이 벅찬 감동을 알 턱이 없는
청년이 웃고 있었다.

슉…………!

이 얼마나 반가운 소리였던가. 바로 저 앞산까지 아군
이 와있는 것이다.

꽝─!

"대한민국 만세─!"

벅찬 이 감동을 이밖에 또 무엇으로 대신하리오. 이젠
포탄에 맞아죽어도 좋은 심정이었다.

낭보(朗報)는 이어졌다.

"국군을 봤어요!"

청년이 뛰어오면서 외쳤다. 두 명이었다는 이야기다. 척후병들인 것이 틀림없었다. 더 이상 지체할 수가 없었다. 신세를 진 모자분들께 작별 인사를 하고는 국군들을 봤다는 마을로 향했다. 피아의 소유가 불분명한 위험지대지만 기쁨 때문에 공포감도 없었다. 도중에 낙오병을 만났다. Mi을 가지고 있었는데 제대로 훈련되지 않는 제주도 군번병이었다.

무리한 이야기지만 신병에게 소총의 양도를 요구하자 역시 완강히 거부했었다. 훈련 받으면서 제2의 생명인 것을 알기 때문이다. 가상했지만 지금 북한군이 나타날 경우 내가 가지고 있는 편이 유리하다는 이치를 설명해서 Mi을 양도 받았었다. 탄띠에는 탄약도 충분히 있었다.

16일째_(31일)

진흙동에서 보호받고 있었던 5명의 아군들과 마주쳐서 동행이 되었다. 그리고 이야기 중에 부인들을 동원해서 나를 찾았던 사연을 알게 되었던 것이다. 7명이 된 우리는 두 명의 중공군 포로를 생포하고 현리를 향했다.

점심때가 되어서 민가에서 가마솥으로 가득히 이밥(쌀밥)을 지었다. 나는 그동안 굶주려온 양을 단번에 만회할 양으로 배가 부른 이후에도 꾸역꾸역 계속해서 먹었다. 배가 잔뜩 부르자 식곤증이 들면서 으스스 추웠다. 말라리아에 걸린 것이다.(증세가 벌써부터 있었던 것을 몰랐던 것이다.)

햇볕이 쨍쨍 내리비치는 마당에서 모포를 머리부터 덮어씌우고는 누웠다. 이때쯤부터 모두가 나를 보는 눈치에 이상이 있는 것 같았는데 슬슬 떠나버렸다. 그 표정들이

다양해서 어지러웠다. 이때부터 바빴다.

미쳐버린 것이다.

분명히 천상(天上)에서

"뛰어들지어다!"

는 계시가 있었다. 절대복종을 요구하는 전지전능하신 하느님이시다.

첨벙—!

계류에 뛰어들고 물속에 잠기면서 숨을 참았다. 숨이 차오르면서 더 이상 견딜 수가 없게 되어서야 물 밖으로 뛰쳐나왔다. 스스로도 이상한 것 같아서 앞산을 바라보는데 능선의 소나무들이 흔들흔들 해괴한 춤을 추고 있었다.

"멈추어라!"

호통을 치지만 템포가 더 빨라져서 현기증이 나는데,

"뛰어들라!"

계속해서 천상에서 지상명령(至上命令)이 떨어지고 있었다. 또다시

첨벙—!

뛰어들지만 힘들고 괴롭다. 미친놈이 이토록 괴로운 줄은 미처 몰랐던 일이다. 그 사이에 Mi을 맡겼던 신병도 달아나버리고 없었다. 아군의 척후병보다는 적의 낙오병들이 더 많은 위험지대다. 발광해버린 후에 남겨진 기억은 여기까지다.

탕—!

총격을 받고 반사적으로 상처를 본다. 우상박의 근근이 몽땅 달아나버리고 뼈가 하얗게 드러나고 그 가장자리가

팔딱—! 팔딱—!

경련을 일으키고 있었다. 이때부터 제정신으로 돌아왔는지의 여부는 모르지만 본능적으로 달아나고 있었다. 적이 지금 어디에 있는지조차 모르고 뛰는데 그 사이에 우상박의 상처 밑으로 또 하나의 관통창과 좌전박 관절을 골절시키면서 관통하고 있었지만 무아무중으로 달리는 순간

꽝—!

지구가 깨지는 듯한 굉음과 동시에 눈앞이 칠흑의 어둠으로 덮였다가 핏빛으로 밝아오고 있었다. 후두부 찰과상이었다.

"뜨라! 뜨라! 감기면 죽는다! 뜨라! 뜨라!"

눈을 치켜뜨는데

"손들엇—!"

두 명의 북한군이 소리쳤다. 올라가지 않는 양팔을 엉거주춤 벌이면서 뒤돌아보는데

"죽여버리자우!"

총구가 가슴팍을 향하는 순간

"아냐! 인물이 아까워!"

제지하고 있었다.

이동거리 16킬로미터(직선 - 실제거리 미상). 16일 간의 적후방 탈출에 성공한 순간이었다.

참고문헌

정명복, 『중공군 공세 의지를 꺾은 현리-한계전투』, 육군군사연

구소, 2009.

65년의 벽을 새삼스럽게 느끼게 했었다. 유감스럽던 일은 오 중위의 타계(5년전)와 충청도 출신이었던 포수와 만날 수 없었던 점이다. 오 중위는 유사 8기로 박정희 대통령 당시 입법부에서 상공위원장을 역임한 오학진 씨다. 생존해 계셨으면 많은 가르침을 주셨을 터인데 애통하고 아쉽다.

나는 보유탄 6발 중 다섯 발이 사격되고 마지막 한 발이 장전될 때까지 지휘하였으나 제3탄부터의 정황을 기억하지 못한다. 포수와 만날 수 있었으면 다리에서 탱크가 격파되고 후속 탱크가 진출하지 못하게 된 상황을 자상하게 쓸 수 있었을 터인데, 무척 아쉽다.

제1포의 김 중사는 성명미상이다. 백배 사죄하면서 본 작전에서 산화한 영령들과 더불어 삼가 명복을 빕니다.

장교들의 역할이 바뀌었을 가능성을 양지해 주시기 바랍니다.

그동안 도움을 주신 전쟁기념관과 창원의 자유연맹에 계시는 여러분께 이 자리를 빌려 깊은 감사를 드립니다.

외설악(10호, 수묵담채)

외설악(20호, 수묵담채)

삼선암(10호, 수묵담채)

장정빈 다큐

최후의 항전

초판 1쇄 발행일 · 2015년 06월 05일

지은이 | 장정빈
발행자 | 유건희
발행처 | 도서출판 삼성서관

등록 | 제300-2002-153호
등록일 | 1992. 10. 9
주소 | 서울시 종로구 종로50길 5-7(창신동)
          우일빌딩 401호
전화 | 763-1258, 764-1258
팩스 | 765-1258

*잘못된 책은 교환해 드립니다.

정가 10,000원